親王殿下のパティシエール❼

糕點師《ガオディアンシー》の昇格試験

篠原悠希

ハルキ文庫

角川春樹事務所

目次

1793年当時の、愛新覚羅永璘周辺の系図と登場人物

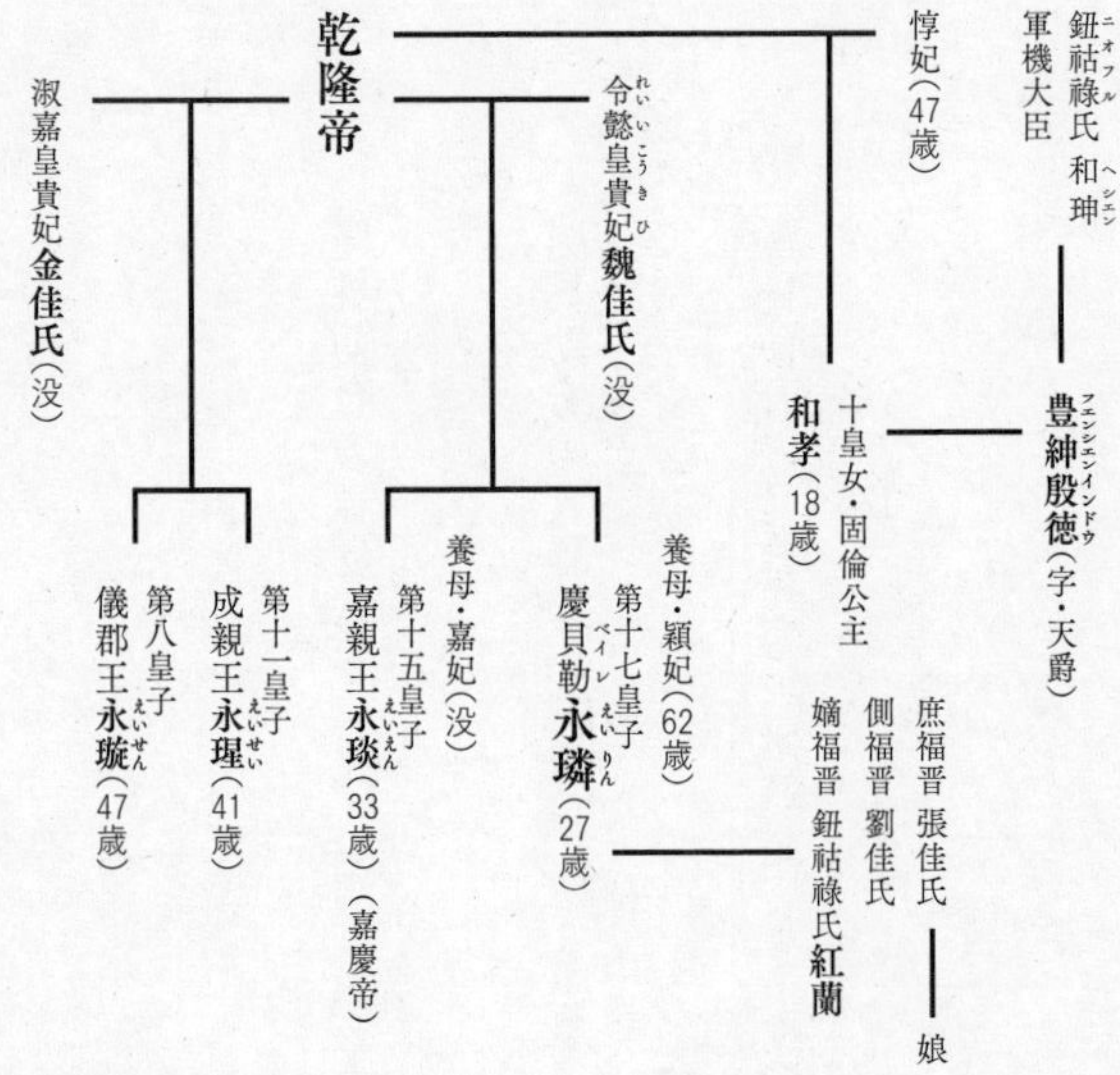

慶貝勒府

厨房（膳房）
　李膳房長

点心局
　局長・高厨師
　第二厨師・王厨師
　厨師助手・孫燕児
　徒弟・李二
　徒弟・李三

漢席膳房
　厨師・陳大河

北堂
　宣教師・アミヨー

永璘の側近
　永璘の近侍太監・黄丹
　侍衛・何雨林《かうりん》（永璘の護衛）
　書童・鄭凜華（永璘の秘書兼書記）

マリーの同室下女
　小菊（20歳）倒前房清掃係
　小杏（18歳）同上

杏花庵
　マリー
　小蓮（18歳）マリー助手

第一話

慶貝勒府の春夏秋冬

西暦一七九三年　乾隆五八年　秋
北京内城

菓子職人見習いのマリーと、貝勒《ベイレ》府《ふ》の友人たち

　西暦では一七九三年の十月七日月曜日、東洋の太陰暦《たいいんれき》では乾隆《けんりゅう》五八年九月一日。

　大英帝国から派遣されたマッカートニー使節団が北京《ペキン》を発《た》ち、帰国の途についた。

　大清《しん》帝国の朝廷は、何事もなかったかのように、それまでの政務と宮廷《きゅうてい》行事を繰り返す日々に戻った。

　だが、乾隆帝の第十七皇子、愛新覚羅《あいしんかくら》永璘《えいりん》の邸宅である慶貝勒《けいベイレ》府《ふ》で働く、半華半欧のパティシエール見習いマリー・フランシーヌ・趙《ちょう》・ブランシュにとっては、彼女をとりまく洋の東西どちらの世界も、すっかり変わり果《は》ててしまった。

　というのは、新しくできた友人のイギリス人少年、ジョージ・トーマス・スタウントンとの別れを惜しむ間もなく、あたかも英国使節と入れ替わるように、フランス国王の処刑という悲報がもたらされたからだ。続いて、共和国を宣言したフランスの新政府が、欧州の君主国らを相手取り、戦争に突入したという凶報も届けられた。

　そして、革命による非業の死を遂げたルイ十六世の後を追うように、マリーがもっとも敬愛する宣教師アミヨーの命の火もまた、ひっそりと消えてしまった。

その年に入ってから、老齢のために衰弱《すいじゃく》し、床《とこ》につくことの多くなっていたアミヨー神父の心身は、祖国の惨状《さんじょう》と国王の悲劇的な死という衝撃に耐《た》えきれなかったのだ。

アミヨーの葬式後、マリーは礼拝のために北堂へ通うことが堪え難くなっていった。敬虔《けいけん》なキリスト教徒としては、あるまじきこととわかっている。しかし、礼拝堂に入るなり、アミヨーの奏《かな》でるチェンバロやパイプオルガンの音がマリーの耳の底に蘇《よみがえ》り、もはやこの世にいない老宣教師の姿を目で探してしまう。いたたまれない思いと、絞られるような胸の痛みに涙が込み上げてしまうマリーは、礼拝もそこそこに北堂を飛び出すことを繰り返し、ついに北堂の日曜ミサへの参拝を控えるようになった。

その秋から冬にかけて、マリーは一度も外出しなかった。住み込みの使用人は、衣食住のすべてが王府内で賄《まかな》われ、府外に親族や友人でもいない限り、外出する必要がない。もとより祖国にも清国にも身寄りのないマリーは、陰鬱《いんうつ》で寒い北京の冬のさなかを、ただでさえ年末年始の繁忙期《はんぼうき》に混雑する市街地へ出かけていく理由など、ひとつもなかった。

そして、点心《てんしん》局の徒弟として働く一方で、洋式甜心《てんしん》房も任されているマリーは、王府で消費される洋菓子類を作るだけではなく、乾隆帝から発注されている円明園《えんめいえん》四十八景の風物を模した工芸菓子《ピエス・モンテ》を、年に二品も製作しなくてはならない。花や樹木の飾《かざ》り菓子ならともかく、実在する円明園の宮殿と庭園の風景を、精巧な工芸菓子に再現するためには、建築家の知識と一流の菓子職人の技を必要とする。

見習いに過ぎないマリーには明らかに荷が重すぎた。

これまでは、建築物の設計図の書き起こしや、原寸に忠実なモデル作りは、アミヨー神父やパンシ神父の助けを借りてなんとかしのいできたのだ。

パンシは宮廷画師として、多くの弟子《でし》を抱える画塾を運営しつつ、皇族と清国の貴族である旗人《きじん》たちから、数々の肖像画を受注する忙しい日々を送っている。

アミヨーの仲立ちにより、パンシは忙しい公務の合間にマリーに絵の個人レッスンを授けることを引き受けてくれた上に、アミヨーとともにピエス・モンテの縮尺を算出し、お菓子の宮殿を作るための設計図まで描いてくれた。

いま、アミヨーがいなくなり、パンシがマリーのために使える時間はさらに少ない。工芸菓子の製作は皇帝からの命令であるため、同じ西洋人として、そしてキリスト教徒として、パンシだけではなく数学、建築に強い宣教師たちがマリーを助けない道理はない。それでも、忙しい彼らの手を借りずにすむよう、自分でできることは自分でこなすべきだとマリーは考える。

喪失《そうしつ》の哀《かな》しみを押しやるかのように、マリーは満席膳房の点心局と、賄い厨房《ちゅうぼう》に併設された洋式甜心房での仕事に没頭《ぼっとう》して過ごした。

さらにその日の業務を終えたのちも、洋式甜心房でさまざまな工芸菓子を試作し、休みの日は黄丹《こうたん》が管理する西園の茶房『杏花庵《きょうかあん》』に入り浸《びた》って、その年の主題となる庭園と宮殿の絵を描いたり、設計図を引いたりしていた。

次に礼拝に出たのは基督《キリスト》の降誕祭であったが、その日も主を讃《たた》える祈りと聖歌を捧《ささ》げることよりも、礼拝堂の隅々《すみずみ》まで満ちるアミヨーの気配に、涙と嗚咽《おえつ》をこらえることができなかった。

　パンシ神父は、そんなマリーを教堂の門まで見送ってくれた。マリーが休日に受けていた絵のレッスンは、年が明けて各種の行事が終わるまで保留とすると告《つ》げた。そして、マリーの気持ちが落ち着いてから再開するとも言ってくれた。

　マリーはその配慮《はいりよ》に感謝して、ミサ半《なか》ばにして貝勒府《ベイレ》に帰った。

　月日が過ぎても笑顔が戻らず、ひたすら仕事に打ち込むマリーを気遣うのは、永璘皇子の第一の妃《きさき》、嫡福晋《ちやくふくしん》の鈕祜祿《ニオフル》氏だ。たびたび自分の宮殿である後院の東廂房《ひがしわきのや》に、マリーをお茶の時間に呼び出し、生まれて半年になる次男の子守を言いつけた。

　そのふくふくとした頰《ほお》の輪郭《りんかく》と、ぽっちりとした唇《くちびる》は母親の鈕祜祿氏に、東洋の赤ん坊特有の厚いまぶたに細く切れ長の目尻は、どちらかというと父の永璘に似ている。間近でのぞきこむ赤ん坊の寝顔や笑い声に、マリーの頰にはおのずと微笑が浮かんだ。

　鈕祜祿氏の産んだ永璘の長男は夭折《ようせつ》しており、次男は慶貝勒府の正統な嫡男である。

　当然のことながら乳母もいて、さらに専属の侍女やら宦官《かんがん》やらが常時つき従ってお世話している。そこへ厨房の使用人であるマリーが鈕祜祿氏の東廂房に上がり込んで、貴《とう》い皇孫の子守など、畏《おそ》れ多いことだ。その主人夫婦の宝を抱かせてもらえることは、王府に勤《つと》める者にとっては最大の栄誉《えいよ》であり、得がたい特権であった。

　夏に生まれた貝勒府の次男は、正式な名はまだつけられておらず、また本名を呼ぶことを忌《い》む中華の風習によって、使用人一同からは少爺《シャオイエ》（若様）と呼ばれていた。マリーもそのように呼ぶ。

少爺をあやしている間は、確かにつらいことは忘れていられる。赤ん坊がマリーの指を摑《つか》もうと小さな手を伸ばしてくると、ほんわかとした熱が胸を満たす。ベルベットのように温かみのある深く黒い瞳にじっと見つめられると、無限の信頼を感じ取ることができて、気分が昂揚《こうよう》する。

鈕祜祿《ニオフル》氏の優しい微笑に包まれ、少爺の体温を感じていられるときは、マリーは穏やかな気持ちになり、いつも心を暗くする過去と現在の憂《うれ》いを忘れることができる。だが、それも鈕祜祿氏の居間で過ごす短い時間だけだ。

膳房で忙しく働いているときは、仕事に集中していられるから、不安や哀しみから心を逸《そ》らすことは難しくない。手順を間違えれば失敗し、周囲に迷惑をかけてしまい、信用も失ってしまう。何より、職人を目指す人間としての、自尊心に傷がつく。

手につけた職人技だけがマリーの生きるよすがであり、その技術でいつか独《ひと》り立ちすることが目的であったから、哀しみに囚《とら》われて職を失うことだけは避けなくてはならなかった。

自分の死がマリーの夢の足枷《あしかせ》となることなど、アミヨー神父が望んでいるはずがない。東洋に神の福音《ふくいん》を伝道するという誓《ちか》いを果たせないまま、世を去らねばならなかった老宣教師を失望させないためにも、マリーは自分の夢を実現することをあきらめてはいけないのだ。

　とはいうものの、マリーはやっと二十歳に手が届こうという、うら若い女性に過ぎない。祖父のように慕《した》い、異郷に生きる苦労を分かち合ってきた大切な友人を失った哀しみと、敬愛する王妃《おうひ》の不遇に寄せる心の痛みは、ふとした瞬間にマリーの胸に迫り、地に足を踏《ふ》ん張ることを忘れさせてしまう。

　このような自身の情緒《じょうちょ》の不安定さを恥ずかしく思い、己を律するためにもマリーの口は重く、ふだんの表情は乏《とぼ》しい。

　そうしたマリーの変化を、事情を知る親しい者たちは気遣い、そっとしてくれたり、何事もなかったように快活に振る舞ってはくれるのだが、そうでない者は露骨に無視するか、欧州から来た派手な使節団のために、『里心がついたのだろう、さっさと欧州へ帰ってしまえばいいのに』、などと陰口《かげぐち》を叩く。

　何より、マリーが北京に来て四度目の春節は、慶貝勒府《ベイレ》の跡取りが迎える最初の新年ということも相まって、祝賀の盛り上がりは例年以上の賑《にぎ》わいであった。その中で、マリーひとりが沈んだ顔でアミヨー神父の死を悼《いた》み続けることは憚《はばか》られる。また祖国のフランスにおいて、夫の国王が処刑されたのちも幽閉されたままであるという王妃の消息や、マリーが生まれ育ち両親が眠る故郷が、ヨーロッパじゅうの君主国を敵に回しての戦争に引きずり込まれている現実について、思い悩む姿は見せられない。

「だからって、無理に朗《ほが》らかにしている必要なんかないよ」

同室かつ、いまや下働きの厨房皿洗いから、洋式甜心房の助手におさまっている小蓮《しょうれん》が下女部屋に入るなり、口を尖《とが》らせて吐き捨てた。

「厨師連中なんか、年がら年じゅういばり散らしては、不機嫌《ふきげん》に怒鳴《どな》って私たちに八つ当たりして、笑い顔なんか見せたことないじゃない！　見習いや下働きは、上役や同僚《どうりょう》の陰口を叩いておきながら、本人を前にすればおこぼれ目当てのお愛想笑い。瑪麗《マリー》が笑わないからって、誰も損するわけじゃないし、真面目《まじめ》に仕事しているんだから何を言われる筋合いもないわ！」

とマリーの弁護というよりは、職場への不満をぶちまける。

「どうしたの？　誰かに何か言われた？」

先に部屋に戻って夕食の配膳をしていた同室の最年長、倒座房《とうざぼう》の清掃《せいそう》役の小杏《しょうあん》が小蓮に訊《たず》ねる。小杏と同じ部署で同室最年少の小葵《しょうき》はびっくりして、箸《はし》を並べる手をとめ、目を見開いて小蓮とマリーを見上げている。

「満席膳房の連中ったら、膳房を通るたびに、瑪麗がおとなしくなったのを冷やかしたり、皮肉ったりするの。うっとうしいったら！」

小杏は小蓮をなだめつつ、ふたりに席を勧《すす》める。

「まあでも、忙しくて不機嫌になっているときに、一日中どんよりと暗い顔されて、受け答えも上の空では、一緒に働いている方は気疲れするってものよ。私たちはかまわないけどさ」

「ごめんなさい」

小杏の率直な意見に、マリーは素直に応じた。

「謝ることないって。大切な友人や身内を亡くしたことのない人間には、わからない痛みだよ。でも、年も明けたことだし、振りだけでも気分を入れ替えて明るくする努力はしたほうがいいと思う。いつまでも嘆《なげ》いていたら、その神父さんも安心して成仏できないよ」

年長者として生真面目《き》な助言をくれる小杏の顔を、マリーは正面から見つめた。そして思わずくすりと小さな笑い声が出た。噴き出したり、反論しなかったのは、礼儀を守るための最大限の努力だ。

キリスト教の聖職者であるアミヨー神父は、天国に召されることはあっても成仏することはない。ただ、そのことを指摘しても小杏たちには理解できないであろうし、何より小杏の精一杯の厚意と、少し不器用な親切が、何より嬉しかった。

「うん。ありがとう。少しずつだけどね。何を見ても泣きたくなったりとか、昔のことを思い出して手元がおろそかになりそうなことは、なくなってきた。嫡福晋さまにご心配をおかけしているのも申し訳ないし。本当にね、未来を見なくちゃって」

あごを上げて、前を見て――

内心では、このところそのように自分に言い聞かせてはいたのだ。ただ、どうしてもうまくいかない。

それまで黙っていた小葵が、一歩進んでマリーの前に立った。実に頭ひとつ分の身長差がある小葵は、少し背伸びをして両手を上げ、マリーの頬をはさみ込んだ。掌《てのひら》に力を込めて頬肉をぐっと押し上げる。

「口の両端をちょっと持ち上げるのは、気分が良くなるおまじない。おばあちゃんが言ってた。笑う門には福が来るんだってさ」

「久しぶりに瑪麗《マリー》のいい顔を見られたね」

間髪《かんはつ》を容れず、小杏が笑顔で言った。小蓮もつられて微笑《ほほえ》み、四人の娘たちは互いの顔を見合わせてくすくすと喉《のど》を鳴らし、やがて声を出して笑い出した。

マリーは、不思議と胃の下がふつふつと揺れる感触を懐《なつ》かしく思いだして、肩を揺らして笑う。笑っているうちに涙もにじんできたが、袖《そで》で目尻を拭《ふ》いているうちにおさまり、号泣してしまう心配はないようで安堵《あんど》した。

菓子職人見習いのマリーと、甜心房の心機一転

食べ物と季節の行事には、密接な関係がある。

その家の食卓に上がる料理にも、厳密な旬《しゅん》の食材選びと献立《こんだて》があり、さらに点心局では、親交のある王府や官家への贈答品となる軽食や菓子類を大量に作らなくてはならない。

この点心の詰め合わせには、どの王府でも威信と体面をかけて贅《ぜい》を尽《つ》くし、美味を極め、見栄《みば》えを整える。今上帝《きんじょうてい》の末子である永璘が開いた慶貝勒《ベイレ》府は、数ある王府の中でも最も新しく、これといって突出した才能や功績のないあるじの人柄《ひとがら》を反映してか、王府それ自体にも、華のある特徴や話題性はなかった。

だが、それもマリーが洋菓子の糕點師《ガオディアンシー》見習いとして、慶貝勒府の点心局に雇《やと》われてからは、事情が変わってきた。宗室に連なる兄妹の王府や、清国の歴史ある世襲親王家への贈答品に、洋菓子の占める割合は徐々に増え、その内容も清国人の好みに合わせて少しずつ変化してゆく。

慶貝勒府の点心詰め合わせを堪能した親王たちの流す噂《うわさ》に、高位の官僚や都の富裕層も興味を示し、それまで付き合いのなかったような相手からも、季節の遣い物が贈られてくる。その返礼品に加えるために、マリーの作るフランスの菓子も増産を迫られた。

今朝もまた、執事から三王府分の答礼品を言いつけられ、一口サイズのシュー・ア・ラ・クレームと、定番のビスキュイ、マドレーヌ、カスタードを詰めた折り込みパイ。底にカスタードクリームを敷いて、蜜漬《みつづ》けの桜桃《さくらんぼ》と杏《あんず》を盛り合わせた小さなタルトの詰め合わせを急いで作り終えた。

洋式甜心房には、マリーを筆頭として、助手の小蓮、工芸菓子に必要な飴《あめ》菓子作りの指導をするために雇われた中年の飴細工《ざいく》職人が常勤しており、すでにひとつの料理局として半ば独立した状態で回っていた。

「じゃあ、あとは頼んだわね」

マリーは甜心房の後片付けと掃除を飴細工職人に頼み、小蓮を連れて膳房の点心局へと駆け戻った。

「瑪麗《マリー》、もう少しゆっくり歩いてよ」

小蓮はマリーよりも小柄で足も短いので、急ぎ足のマリーからは遅れがちになる。

「あ、ごめん」

マリーは半身ごと振り返り、小蓮が追いつくのを待った。

「もうさ、洋式甜心房の専任にしてもらったらどう？　行ったり来たりが大変すぎるし、私ももっと瑪麗から甜心の作り方教えて欲しいし。今のままじゃいつまで経《た》っても、そばで手伝うことしかできないから、覚えられないし上達もしない」

「それは、私も思うところはあるんだけど」

マリーの言葉は同意を含んでいたが、表情はむしろ困惑の色が濃い。

「でも、私はパティシエールとしてはいまだに見習いだから。公《おおやけ》には点心局の徒弟なのに、こうして不定期に甜心房を仕切っているのって、他の厨師の手前、すごく不自然で居心地が悪い。燕児《えんじ》が徒弟から厨師助手に昇格したのも、二十歳を過ぎてからでしょう？　私よりも先に入った李二《りに》と李三《りさん》も、まだ徒弟のままだし」

小蓮だけに聞こえるように、声を低くして本音を話す。

「どちらにしても、私が決められることじゃないよ。まあ、私は今年で二十歳だし、徒弟期間は飛び飛びだけど六年は満たしているから、パティシエ試験を受けてもいい頃合いではあるのよね。清国では、糕點師《パティシエール》になるのに、試験とかあるのかしら」

　小蓮は「さあ」と首をひねる。

　点心局の兄弟子であった燕児が、徒弟から厨師助手、助手から一人前の厨師に昇格したときに、試験があったかどうかは、マリーには詳しい記憶がない。

「それに、中華の甜心もたくさん学びたいから、点心局を追い出されない限りは、ずっと高《こう》厨師のもとで働いていたいという気持ちもあるの。それは小蓮にとっても役に立つ経験じゃない？　例えば、年季が明けて自立するとして、北京の城下で甜心茶房《さぼう》を開くにも、馴染《なじ》みのないフランスのお菓子ばかりではお客さんが集まらないし、続かないのじゃないかな。味をよく知る中華のさまざまな甜心が並んでいれば安心して買えるし、そんなときに、なにやら珍《めずら》しいお菓子があれば、変わったものも試してみようという気持ちになってくれると思う」

「自分の甜心茶房なんて、本当に持てるのかしら」

　小蓮は小首をかしげて、半信半疑の体で考え込んだ。

　マリーと出会うまでは、厨房の下働きとしてひたすら皿洗いと水汲《みずく》みの日々を送っていた小蓮は、少ない給金の半分を両親への仕送りとし、残りを自分のためにとっておいた。そしてその雀《すずめ》の涙ほどの貯《たくわ》えを、ときに祭の晴れ着や外食に費《つい》やすことが人生のすべてであった。

マリーが言うように、いつか独り立ちして自分の店を持ち、自活していくことなど、微塵《みじん》も思ったことはなかった。「外」の世界からやってきた、清国の常識に囚われないマリーならばできるのかもしれないが、世間の目を気にしてしまう自分には無理だろう、と考えてしまう。

女は適齢期のうちに親や親戚《しんせき》の見つけてきた相手と結婚をして、夫の祖母や母に従い、子を産み、家を守るのが中華の常識だ。とはいえそれができるのは、年頃になるまで庇護《ひご》者《しゃ》のもとで花嫁《はなよめ》修業をし、親が充分な持参金を用意できる家の娘たちだ。貧しく身分の低い家の娘でも、並み外れた器量よしが評判となり、有力者からの引き合いがあれば、男の方から結納金を惜しまず、結婚をもちかけてくることもある。

小蓮の実家は、清国の支配民族である満族旗人だ。建国当時はさまざまな特権を与えられた旗人たちであったが、時代が下っていくにつれ人口が増え続ける一方で、世襲できる公職の数や、相続すべき土地財産には限りがあった。そのため、旗人層の実態は貧富の差が広がっていた。

下層とはいえ、満族の旗人である以上は、清国の大半を占める漢族よりは上位の存在ではある。だが、困窮《こんきゅう》する下層の旗人は自ら、あるいは否応なく、もとは服属した異民族の奴《ぬ》僕《ぼく》を指す、『包衣《ボーイ》』の身分に落ちぶれていった。

小蓮の実家もまた例に漏《も》れず、包衣としてより有力な旗人に所有され、家政を担《にな》ってきた。小蓮が他家に隷属《れいぞく》していた家族と離れて、慶貝勒《ベイレ》府の使用人となったいきさつについては、慶貝勒府で使用人を募集していることを聞きつけた両親が、多額の支度金《したくきん》と引き換えに小蓮を奉公に差し出したというところだろう。

小蓮は親に支払われた金額に見合う年季を勤《つと》め上げるか、給金を貯めて自らの身分を購《あがな》うかしない限り、慶貝勒府から勝手に出て行くことはできない。

そのため、妙齢を迎えても、釣《つ》り合った結婚相手を見つけて家庭に入ることなどは望めなかった。運が良ければ、同じ王府の誰かと懇意《こんい》になって、主人の許可があれば夫婦として認められる機会があるかもしれない。が、それも夫が王府の奴僕であれば、独身の下女であるか、既婚の下女であるかという違いしか生まれないのだ。

だから、良家の娘のように、妙齢のうちに親が結婚相手を見つけてきて、嫁入り支度を調《とと》え、どこかの家に嫁《とつ》ぐことなど、小蓮はまったく期待していなかった。

そんな小蓮の勤める慶貝勒府に、数年前のある秋の日に突然、異国から自分と同い年の少女が、女の職業とは見做《みな》されない厨師の見習いであるという触れ込みでやってきた。そして、乳のように白い頬に、雀斑《そばかす》の散った半華半欧のこの少女は、男たちの仕事場である厨房に単身で乗り込み、周りの戸惑《とまど》いや男たちの反発に、まったく臆《おく》することなく徒弟として働き始めた。

並みの少女であれば心が折れるような罵倒《ばとう》や、女と異国人に対する不当な差別に、マリーがすぐに音を上げて生まれ故郷へ逃げ帰るだろうと、小蓮は半ば期待しながら成り行きを見守っていた。

この広大な中原《ちゅうげん》に覇を唱《とな》えた女真《じょしん》族、その末裔《まつえい》の満洲族であるという自尊心と、落ちぶれ旗人の奴婢《ぬひ》であるという劣等感《れっとうかん》は、マリーに対して本人でさえ自覚していなかった複雑な感情を小蓮に抱かせた。

マリーの才能と幸運に嫉妬《しっと》し、失敗を望む思いと、マリーが成功して、男たちを見返してくれと願う気持ち。

はじめのころは、ただ遠巻きに静観していた。下手《へた》にかかわりあって、面倒事に巻き込まれたくなかったからだ。厨房で厨師たちにからかわれたり、嫌がらせを受けているのを、『ほれ見たことか』と冷えた心で眺《なが》めていた。

当時は同室の最年長であった小梅が、さりげなくマリーの世話を焼くのも、馬鹿げたことだと思っていた。故国から肌身離さず身に着けていたという、大切な紅玉の指輪とやらをマリーが失くし、それを小梅が隠し持っていたのを垣間《かいま》見た小蓮は、大人の小梅でも人を妬《ねた》んで盗みを働くのだと、妙に勝ち誇った気持ちになった。

だから、マリーに告《つ》げ口をしたのだ。

あなたが頼りにしている小梅が、大切な宝物を盗み取ったのだ、と。

この『王妃の指輪紛失事件』とされる騒動は、いつの間にか指輪が見つかり、小蓮の知らないところで尻すぼみに解決してしまった。

おそらく、小梅が改心して指輪を返し、マリーはそれを許したのだろう。

それからいくらも経たぬうちに、小梅は王府を辞して実家へ帰ってしまった。以来、小梅は季節ごとの挨拶《あいさつ》もなく、何年もともに働いた仲間たちに、近況を報《しら》せる便《たよ》り一つ寄越さない。薄情な元同僚だと周囲は噂したが、執事やあるいは永璘にまで自分の悪事を知られてしまった小梅は、慶貝勒府《けいベイレ》で働き続けることはもちろん、二度と王府に顔を出すなどできなかったのだろうと小蓮は邪推《じゃすい》していた。

ただ、マリーが『王妃の指輪紛失事件』について、解決したのち詳細を一切語らなかったので、小蓮も知らぬ振りを通した。小梅の盗みを告発した小蓮にも、真相は知らされなかったのだから、かかわらないのが無難というものだ。

その後も、マリーはたびたび騒動を起こしては、そのたびに李《り》膳房長や点心局の局長である高厨師に叱《しか》り飛ばされ、ときに謹慎《きんしん》をさせられては復活を遂げてきた。しかも、騒ぎを起こしたあとも、高厨師や点心局の徒弟たちに、菓子作りの手腕と仕事への情熱を評価され、認められていった。

小蓮は内心面白くなかった。

未婚の小娘が仕事で男たちに対等と認められ、同じ職場で働くなど、世の中のしきたりに反する。皇帝のお膝元である北京の、それも宗室の皇子《おうじ》をあるじとする王府で、そんな非常識がまかり通るなど、あってはならないことだ。

当時は十六歳であった小蓮は、来る日も来る日も冷たい水で大量の洗い物と格闘する日々に不平不満を抱えていた。だが、貧乏人の家に女として生まれた以上、口減らしのために親に売られるようにして放り込まれた豪邸の片隅で、衣食住は保証された仕事にしがみついて生きていくのが、正しいことだと信じ込んでいたのだ。

その常識のことごとくを覆《くつがえ》して、自分の居場所を手に入れ、さらに同僚として男たちに受け容《い》れられていく様を、王府に勤めるほとんどの女たちは忌々《いまいま》しく思っていた。永璘の妃たちも、そう思っていたはずだ。だが、マリーには強い味方がいた。

洋菓子をこよなく愛する慶貝勒《ベイレ》府の主人、永璘そのひとだ。

マリーを連れてきたのが他ならぬ永璘であったから、王府じゅうの人間が、マリーは主人のお手つきだと憶測していた。

清国は一夫多妻が許されていたから、男主人に甲斐性《かいしょう》があれば、何人の妻を娶《めと》ろうと、妾《めかけ》を持とうと非難されることはない。正妻の同意などの細かい決まり事はあったが、ほとんどの庶民には二人以上の妻を養《やしな》う稼《かせ》ぎはなく、まして貧困層には関係のない話だ。

それゆえにマリーは、はじめはそういう目で見られていた。あるじがわざわざ外国で見つけて王府に入れた女だから、さぞかし寵《ちょう》も深いのであろうと、新参者と忌み嫌いながらも、主人の不興を買うことを懼《おそ》れて、自ら手を下して排除しようとする者はいなかった。

次の年に新しく雇用された王厨師が、点心局に配属されるまでは。

十代のそれも異国人の血を引く少女が、点心局の徒弟を務めている事情を知らない王厨師は、マリーに対する嫌悪感《けんおかん》を隠すことなくさまざまな嫌がらせをしていたが、ついに王府じゅうを震撼《しんかん》させた『アーモンド騒動』を起こして、女性蔑視《べっし》・外国人嫌いの厨師らの不満を爆発させ、とうとうマリーを厨房から追い出すことに成功した。

さすがの永璘も、厨房のほぼ全員の厨師を敵に回して、マリーひとりを擁護《ようご》することはできず、マリーに騒動の責任を取らせた。

マリーは、厨房への出入りを無期限に禁止されてしまったのだ。

いよいよこれでマリーの夢も頓挫《とんざ》したかと、周囲の目には映った。いい気味だと思う者も少なくなかったが、同室で寝食をともにしてきた小蓮の心情は複雑であった。

このままあきらめて欲しくないという願いが芽生《めば》え、同時にマリーがそのままへこたれてはいないだろうとも思った。

それまで仕事場も居室も同じという、長い時間と近い距離で、マリーがどれだけよそ者として意地悪をされ、邪魔者扱いされても挫《くじ》けなかった姿を見てきたせいだろうか。落ち込むマリーに励《はげ》ましの声を真っ先にかけたのは、小蓮だった。

女性であること、外国人であること、西洋人の血を引くこと、キリスト教徒であること。そのどれかひとつでも抱えていては、清国の社会において人間として扱われることは難しい。

そうした世界で、永璘の庇護の思いがけない脆《もろ》さを、小蓮たちは目の当たりにしてしまった。

小蓮のマリーに対する心情は、同情と共感へと傾いていった。

ふだんは女を下に見て、威張り散らす男たちが、マリーが彼らと対等か、それ以上の才能と可能性を秘めていると知って、とたんに命をも奪いかねない騒動を起こしたことは、小蓮にも恐怖を与えた。男の嫉妬がどういう形で具現化するか、というのも、そのときに学んだ。だがそれと同時に、マリーの実力を認め励ましたのも、男の厨師たちであった。

点心局の高厨師と厨師助手の孫《そん》燕児、そして徒弟仲間の李兄弟は、マリーの味方となり、マリーが点心局に復帰できるまで陰で支え続けたのだ。

年の若い燕児や李兄弟らには、一般の家庭では母親や女中が厨房に立つ姿を、自然に思う感覚がまだ残っていたのだろう。また、成人した男たちほど女を蔑《さげす》む精神性を育てていなかったのかもしれない。

高厨師は立場上、主人の永璘から預かった厨師志望の少女の師とならざるを得ず、指導していくうちに、相手が女であることも外国人であることも、問題ではなくなっていった、とマリー本人に語ったことがあるという。

気がつけば小蓮は、結婚以外の選択肢《せんたくし》――仕事を持って自立すること――は可能かもしれないと思い始めていた。だから、マリーが乾隆帝に工芸菓子を献上《けんじょう》するよう勅命《ちょくめい》を受けたとき、自分から手伝いを申し出たのだ。

手に職をつけることや、経済的に自立することは、誰にでもできることではない。社会通念や常識、物事の考え方が清国人のそれとは根本的に違うマリーだからこそ、女の自立は可能だと信じられるのだろう。

小蓮は、マリーの行き着くところを見届けたいと思った。

マリーが口にした『自分の甜心茶房』なるものが想像しづらかった小蓮は、フランスでは女が自立することは普通なのか訊ねた。

マリーもまた、首を傾けて考え込む。

「そうねぇ。普通ではないし、簡単でもない。だけど、まったく否定されているわけではないし、とても少ないけど成功した女性たちはいるよ」

小蓮の小さな口からは、「ふうん」という相槌《あいづち》が漏れた。マリーはさらに言葉を続ける。

「フランスもね、清国と同じように、一般的には女性は家に閉じこもって家政を仕切るのが常識とされているよ。女性には王位継承権がないし。でも、私の少し前の世代から、工場が増えて女性が外で働くようになったり、女人禁制だった舞台に女優が立つことが許されたり、王侯貴族が女性のデザイナーや画家を抱えるようになってから、少しずつ女性の働ける場所が増えてきたらしいの。あっちで働いていたホテルにいた、先輩からの受け売りだけどね。英国との戦争も長引いていたそうだから、単純に男手が足《た》りなくなっていたのかもしれない」

やはり、社会全体が変わらなくてはだめなのか、と話を聞いた小蓮はがっかりした。

小蓮の失望を感じ取ったかのように、マリーは軽く微笑みかけた。

「物事の変化には、必ず最初の一歩があると思うのよ。西洋には『ローマは一日にしてならず』という諺《ことわざ》があるの。大帝国は一日では成り立たないという意味。清国風に言えば

『北京は一日にしてならず』といったところかしら」

「千里の道も一歩から、ってことね」

小蓮にしては珍しく、打てば響くように応じる。

「鄭《てい》書童さんと話したときは、『雨だれ石を穿《うが》つ』というのを教えてもらった。こっちは個人的な努力の結実のことだと思ったから、この例とは違うかな。どっちにしても、自分の望む変化や結果がすぐに出せなくても、焦《あせ》ることはないと思うの」

鄭書童とは、朝廷の官吏で永璘の公私における秘書を務める鄭凛華《りんか》のことだ。フランスから北京までの長い船旅の間、マリーに漢語を教えてくれたのは、鄭凛華であった。北京に落ち着いてからも、何かと目を配ってくれたり、マリーが理解できない清国のしきたりを教えてくれたのも彼だ。

鄭は漢族の温和な青年で、難関とされる科挙《かきょ》を突破して清国の官籍を得たのだという。幼いころから学問を続けてきた結果として中央の職についた彼だからこそ、漢語レッスンのときも、日々の積み重ねの大切さを説《と》く諺がすぐに口から出てきたのだろう。

皇族の秘書とはいえ公職なので、いつかは慶貝勒《ベイレ》府を去って、もっと高い役職に就《つ》くのだという。

マリーはいつかくる鄭との別れを思って、少し悲しい気持ちになった。その悲しさを振り切るために、唇を笑みの形にして話を続ける。

「例えば、いつか新しい家族に恵まれて、女の子を授かったとして、その子も糕點師《ガオディアンシー》になりたい、あるいは自分の才能を試して自立したいって考えたときに、そこが清国でもフランスでも、仕事をする女たちが少しでも生きやすい社会になっているように、自分が道を均《なら》すことができたらいいな、とか」

小蓮は足を止めて、マリーの顔を見上げた。

「瑪麗《マリー》って、そんな先のことまで考えているの？」

「え？　考えるでしょ」

ふたりして立ち止まり、お互いに驚いた表情で見つめ交《か》わす。

「どんな店を持とうとか、どんな内装にしようとか、定番のお菓子はどうしようとか、伝統のお菓子ばかりじゃなくて、自分で考案した新しいお菓子とか」

小蓮は思わず「ぷっ」と噴き出した。

「家族とか娘の将来まで考えてるわりに、肝心《かんじん》の夫のことは考えないの？」

からかいのこもった小蓮の突っ込みに、マリーは頬を少し赤らめて眉《まゆ》を寄せた。

「そこまでは考えられない、というか、考えたくない」

まだ見ぬ自分の店や子どもたちはともかく、将来の配偶者については、ついつい身近な男たちを当てはめてしまうので、かえって生々しい現実味を帯《お》びてしまう。

王府には独身の男たちも少なからず勤めている。そして王府内の使用人同士が縁組みをすることも、珍しいことではない。だが、キリスト教徒であるマリーは、北京の官吏《かんり》や旗人とは結婚できないという事情もあった。つまり、人口の大半を満洲族か旗人、朝廷に仕える官吏が占める北京内城に住んでいる以上、マリーの将来の伴侶となり得る異性の数は、極端に限られてくる。むしろ、ほとんどいないと断言してもいいだろう。

「考えたくないってことは、考えたことはあるわけね」

小蓮は食い下がる。唇に指先を当て、秘密の話でもするような小さな声でささやく。

「独身の若手厨師なら、この王府内でも選ぶほどいるけど――」

後院の東廂房《ひがしわきのや》に建つ満席膳房が見えてきたので、小蓮は話を中断する。

洋式甜心房ではマリーの助手という立場の小蓮ではあるが、マリーが膳房の徒弟として働いているときは、これまで通りの皿洗いである。マリーに洋式甜心房の専任になれとけしかけたのも、こちらの仕事とのかけもちが苦痛なのであろう。

その日の点心局での業務を終えて、膳房の清掃を終えたところへ、局長の高円喜《えんき》厨師がマリーに残るようにと指図した。

「ついてこい」

高厨師は、円喜というその名の通り全体的に丸い。自ら作る元宵《げんしょう》や饅頭《マントウ》のように、前から見ても横から見ても丸々として、顔も月餅《げっぺい》のように円い。仕事中は情け容赦《ようしゃ》なく指示を飛ばし、もたもたしていると罵倒され、へまをすると棒たわしや麵棒で叩かれる。

が、そうでないときは見た目通りに温和で、部下たちの才能と仕事ぶりには細やかに目を配り、公正に評価してくれるよい上司であった。高厨師の素晴らしいところは、女で外国人で異教徒という三重苦を抱えるマリーに対して、他の徒弟と平等に扱ってくれるところだ。そして、マリーの作る異国の菓子を、先入観や偏見を持たずに試食し、吟味《ぎんみ》してくれる、希有《けう》な存在であった。

「はいっ」

マリーは勢いよく返事をして、濡《ぬ》れた手を前掛けで拭きつつ、高厨師のあとについていった。高厨師は調理場の隅の休憩所《きゅうけいじょ》ではなく、局長らが集まって会議や事務仕事をする部屋へと向かう。マリーがあとについて部屋に入ると、そこには李膳房長が茶をすすっていた。ふたりの上司に呼び出されるという、なにやらあらたまった空気に、マリーは緊張してふたりの前に立った。

高厨師がおもむろに口を開く。

「瑪麗《マリー》は今年で二十歳になるんだったな」

「はい」

慶貝勒《ベイレ》府にやってきて、高厨師に師事して四年が過ぎていた。月日が流れるのはあっという間だ。

「こっちに来てからの徒弟期間は四年だが、法国《フランス》でも徒弟をやっていたそうだな。通算で何年やったことになる？」

「えっと、七年、くらいになります。フランスを発って北京に来るまでの一年は、修業は保留と言うべきですけど。船旅ではお菓子よりも簡単な料理を老爺《ラオイエ》に作っていましたが、それも自己流でしたから」

「基礎となる定番の点心は作れるようになったことだし、厨師助手に昇格してもいい頃合いではあるんだがな」

予想外な高厨師の話に、マリーは舞い上がりそうになった。

「試験を受けられるんですか？」

マリーの勢いに、高厨師は面食らったように小さな目を見開いたが、瞬時に厳粛《げんしゅく》な顔つきに戻る。

「お前さんの考える試験というのが、どういうものかは知らんが、厨師はともかく厨師助手になるのに、難しい試験も手続きもない。厨房の仕事と一通りの料理を覚えた段階で徒弟から助手となり、ご主人さま方にお出しする料理を任される仕事が増えるだけだ。厨房の施設と食材の在庫の管理にもかかわるようになって、責任が増す。ただ、瑪麗《マリー》はその先は厨師ではなく糕點師《ガオディアンシー》になるつもりなのだろう？」

マリーはこくりとうなずく。高厨師は続けた。

「糕點師になりたければ、市井《しせい》の茶楼《さろう》にでも弟子入りして、そこで作られる甜心を学ぶことはできるが、瑪麗の場合は清国の甜心ではなく欧州の甜心だからな」

遠回しな高厨師の話し方に、その本意がどこにあるのかと、マリーが察するのに少し時間がかかった。フランスにおいては、パティシエもパン職人も国家資格である。職人になるためには、ギルドの定める試験に合格しなくてはならず、さらに自分の店を持ったり、レストランの部門長となるときも、親方となるための試験を受ける。

徒弟から職人へ、職人から一般の職人を束《たば》ねる親方あるいは師匠《ししょう》へと、専門職に段階があるのは清国も西洋も同じであった。ただフランスと違い、清国では師事する厨師から認められれば、一人前の厨師になれるようだ。だが、その方式ではマリーは自分の望む道へは進めない。マリーのパティシエとしての技量を、試験できる人間が清国にはいないからだ。

「つまり、ここにいたら、私はいつまでたってもパティシエ、その、一人前の糕點師にはなれない、ということですか」

高厨師と李膳房長は互いに視線を交わし、同時にうなずいた。

「お前さんの立場が特殊で、前例がないものだから、この先の待遇をどう対処したものか、我々も決めかねている」

清国での生活が長かった宣教師のアミヨーは生前、清国に生きるために必要な数々の心得として、『清国の人間は変化を嫌う。意見が対立したときは、正面から相手の主張に逆《さか》らってはいけない』とマリーに教えた。

専門の職人となって身を立てるためには、フランスではフランスのやり方があるように、清国にも、決まった道筋というものがある。それはフランスのような職業ギルド制度とは異なるものの、慣習によって定められた手順を踏まなくてはならないのだ。

そして、清国人は定まった慣習の手順から外れることを極端に嫌い、避ける傾向にあるという。慶貝勒府《ベイレ》や後宮という、ごくせまい世界でさえ、そのことを何度も思い知らされてきたマリーであったから、このときも高厨師のためらいがちな口調の背後にある感情を察することができた。

「清国では、糕點師《ガオデイアンシー》は職人として認められていないのですか」

高厨師は首を傾けて丸っこい指で頬の下を搔《か》いた。難しい顔で考え込む。その隙《すき》を突くように、李膳房長が短く応えた。

「膳房には、糕點局《ガオデイアン》はない」

皇帝や皇族に出す甘いお菓子、つまり甜心を作るのは、御膳房では点心局厨師の仕事である。フランス料理の厨房においては、デザートを専門に扱うパティシエは独立した部門であるが、中華においてはデザートは軽食を扱う点心に包含されてしまうのだ。そして点心局で一人前の厨師になるには、お菓子以外の料理も作れなくてはならない。

街を行けば、甘い物を売る屋台や茶楼はある。だが屋台で売られている甜心の品数は限られ、焼餅《シャオビン》や饅頭などのレシピは一般化されて、糕點師でなくても作れるようなものばかりだ。いつかの小豆餡《あずきあん》をたっぷりと挟んで焼き上げた中華パン『蛤蟆吐密《ハーマトウーミー》』のような、いくらか凝《こ》った甜心を出す茶楼のレシピは、代々その店の厨師に引き継《つ》がれていて、資格を持つ専任の糕點師が厨房に勤めているわけではない。

さらに言えば、茶楼を経営するために、職業ギルドの試験を合格した糕點師が雇《やと》われている必要もないのだ。

中華にはフランスに劣《おと》らず甜心の種類は多いが、茶菓子や間食が主で、富裕層でさえ食後にデザートを食べる習慣がない。清国人が食後に好むものは、アイスクリームやガトーではなく新鮮な果物だ。小麦粉と油脂を使った食べものは主食に分類され、同じく小麦粉と油脂《ゆし》に砂糖を加えた甜心は、あくまで点心の一部として、軽食や間食に分類されるものであった。

糕點師という職業そのものが、清国ではいまだ確立されていないといっても、過言ではないのだろう。

マリーが父の跡を継いで、フランス菓子の職人パティシエールになりたくても、清国では叶《かな》えられない夢なのだ。

高厨師は諭《さと》すようにゆっくりと、穏《おだ》やかに話す。部下や徒弟ではなく、独り立ちを前にした我が子に話しかけるような口調だ。

「清国は広い国で、地方にはいろいろな郷土料理や民族料理がある。その中でも、おれたちは北京の宮廷厨師だ。そして宮廷料理の種類にも、食材や料理法によって専門が分かれるというのは、瑪麗《マリー》も理解しているな」

念を押されたマリーは、こくんとうなずく。高厨師は話を続けた。

「宮廷厨師を目指す者は、他料理の厨師同様、まずは道具の使い方や包丁の扱い方、十何通りもある素材の切り方から、油を使った料理なら七通り、水物なら煮る蒸す茹《ゆ》でるなどが七通り、水と油あわせて四通り、さらに焼き物、醬《ジャン》づくりに漬物、粉物、米飯と、満席の料理を一通り学ぶ。そして、一人前の膳房厨師に昇格するためには、明代から続く宮廷料理の菜譜《さいふ》を素材から調味料の配分まで、何一つ違えることなく覚え、作るたびに同じ味を再現しなくてはならない」

どのあたりから五局ある料理部門へと専門化していくのか、という説明は端折《はしょ》られてしまったようだが、マリーにはそれで充分であった。

つまり、膳房の厨師助手に昇格するには、料理全般の基礎を習得する道へ進むことを覚悟しなくてはいけないのだ。

お菓子のことばかり考えてはいられないし、何よりあの大きな鉈《なた》のような中華包丁と半球の重たい鉄の鍋子《グオツ》を、自在に操《あやつ》れるようにならねばならない。李兄弟によれば、一般家庭の主婦も、同じ包丁と鍋子で料理をしているらしいのだが、家族の分だけを作る主婦と、一日中厨房に立って、百人分を超える料理を毎日三食以上作り続ける厨師とでは、要求される筋肉と持久力が違いすぎる。

それでも男女の身体能力の壁を超えて宮廷厨師になりたければ、努力するのもやぶさかではないが、マリーが一日中作りたいのはお菓子であって、朝昼晩の食事ではない。

「瑪麗《マリー》が甜心一筋だということは、はじめから老爺《ラオイエ》に言われていたことでもある。そもそも、老爺が瑪麗を王府に連れてきたのは、西洋の菓子を作らせるためであって、宮廷厨師にするためではないことは、おれも膳房長も承知している。正直なところ――」

高厨師は言いづらそうに言葉を濁《にご》して、先ほどと同じ仕草で顎《あご》の下を掻く。

「若い娘が厨房での修業なぞ、そうそう長続きしないと思っていたんだ。老爺のお声掛かりではあるし、ちょっと変わった嫁入り修業みたいなものだろうってな。それで、やる気はあるようだし、使えるようなら使って、教えられることは教えよう、ってくらいのな」

高厨師は、ますます言葉を選びかねて頬や顎を掻くので、輪郭の右側あたりが赤みを帯びてきた。

「だが、もう二十歳になることだし、いつまでも徒弟でいさせるわけにもいかん。ただ、厨師助手になるってのは、宮廷料理の修業に本腰を入れるってことだ。厨師ならば誰もが通らなくてはならない道だ。ここに例外を作るわけにはいかん。だが、皇上に命じられた工芸菓子やら、なんだかんだと瑪麗でなければ作れない洋式甜心にも、時間を割《さ》かれる。どっちつかずで続けられるものではない。ここはきちんと老爺と話し合う必要がある」

暗に、正式な厨師としての道を選ぶか、膳房を出て菓子作りに専念するか、どちらかを選ぶように言われていた。そして、マリーが宮廷厨師の道を選ぶことはないと、高厨師は考えている。

それはマリーが女だからなのではなく、適性と興味が宮廷料理にないためであると、四年間マリーを指導してきた高厨師はよく理解していたのだ。

以前アミヨーに、清国にも商業ギルドのような組織はあると聞かされたことはあるが、職人ギルドに該当するシステムはないようだ。徒弟として働いているうちに、親方に認められればそれで一人前、という業種の方が多いらしく、糕點師《ガオディアンシー》もそのようにゆるい職業なのだろう。

つまり、すでに七年の徒弟期間を超えようとするマリーが、西洋風のオーブンの設置された洋式甜心房の専属糕點師《ガオディアンシー》となることには問題がない。厨師助手を飛ばして、徒弟から厨房持ちの糕點師に昇格することに、周囲から反発が出るかもしれないという不安はあるが。

「はい」

マリーは素直に、短く応えた。

「ただ、中華の甜心はまだ学び尽くしたとは、思えないのです。西洋のお菓子も中華の甜心も習得したい、というのはわがままなんでしょうか」

本音では、まだまだ高厨師のもとで働きたいのだ。マリーの才能と情熱を、清国の料理人で一番最初に認めてくれたのは、高厨師だ。慶貝勒《ベイレ》府で起きたさまざまな騒動や事件を乗り越えてこられたのも、高厨師が常にマリーの擁護《ようご》をしてくれたからだ。

それが永璘に預けられた責任感からであったとしても、その恩に感じるだけではなく、マリーは高厨師に崇拝に近い感謝と尊敬の気持ちを抱いていた。

いつか誰かの師となることがあるとしたら、高厨師のようになりたい。偏見に囚われることなく、弟子の欠点に拘泥《こうでい》しない、後進の可能性を伸ばすことのできる導師でありたいと。

「ま、同じ王府にいるのだからな。毎日の点心の献立《こんだて》は確認し合う必要もある。行き来は常にあるだろうから、マリーの手を借りることもしょっちゅうだろうしな。そのときにより抜きの甜心を作ることにすればよいことだ」

　点心局を追い出されるわけではない、と高厨師は両手を上下に振って力説する。マリーは嬉しいのと、高厨師に気を遣わせていることが申し訳なくて、涙が滲《にじ》みそうになった。

　李膳房長は、マリーが納得したようすを見て、うんとひとりうなずく。

「じゃあ、おれはこれで帰る。老爺《ラオイエ》との話が終わったら、結果をおれに伝えてくれ」

　役目上の話し合いを見届けたといった、すっきりした顔で、席を立った。

　マリーは「ありがとうございました」と膝を折って、高厨師と李膳房長を見送る。

　これで帰れるかと思ったマリーだが、高厨師は善は急げとばかりに、永璘のいる正房《おもや》へとマリーを連れてゆく。

　永璘はふたりの訪問を予期していたらしく、すぐに通された。皇族への拝礼と口上もそこそこに、永璘はふたりを立ち上がらせる。

　用件も高厨師が事前に申し伝えていたようで、話を聞き終えた永璘は申し訳なさそうな顔で微笑んだ。

「高厨師には、私の知識不足で迷惑をかけたな。マリーをここまで育て導いてくれたことを感謝する」

　そして、マリーへと視線を移し、満族の貴人らしい、ほっそりした輪郭の頬に刷《は》いた笑みをいっそう深める。

「どうした。見習いを卒業して厨房のあるじとなるというのに、あまり嬉しそうではないのだな」

「修業が足りないのに、不遜《ふそん》すぎるんじゃないかって思えるんです。中華のお菓子も、フランスのお菓子も、まだまだ学ぶことがいっぱいあるのに、なんだかいきなりで」

虹彩《こうさい》の縁《ふち》が翠《みどり》色を帯びた薄茶色の瞳を不安げに曇《くも》らせて、マリーはかぶりを振った。

「普通の者なら、見習い期間を終えて自分の城を持つことを喜ぶだろうに、謙虚《けんきょ》にもほどがあるぞ。マリーももう二十歳だ。未熟だろうと不安だろうと、自分の足で立つときだ。むしろ、真の学びはこれからではないか」

永璘の言葉には真実味があった。本当の学びは、自分の足で歩き始めたところから始まるのだろう。王府内の厨房をひとつ任されるのだ。責任は大きい。

「これまで、マリーは忙しすぎた。点心局に勤めて日々の業務をこなしつつ、皇上の命で工芸菓子を作り、外国使節の接待を拝命し、その一方で当王府に求められる西洋の甜心を作ってきた。そして、知識を独り占めすることなく、他の者が洋菓子を学べるよう、絵を学んで食単《レシピ》を作ってもいる。まさに三面六臂《ろっぴ》。そしてどの仕事もそつなくこなしてきた。一介の徒弟にできることではない。厨房をひとつ任されるだけの働きは、果たしてきたと思うが」

うなずきながらマリーを褒《ほ》めちぎる。マリーは驚きに永璘を見上げているうちに、胸に感謝が湧き上がってきた。

「ありがとうございます」

清国の皇子との出逢いから、革命で故国を逃れ、長い旅ののちに辿《たど》りついた異国での暮らし。いろいろなことが次々に思い出され、そのすべてが永璘とともにあるか、深いかかわりを持っていた。万感の思いがあるというのに、ひとつの言葉しか出てこない。

「望んだ道筋ではないかもしれないが、マリーが望む未来へは、近づいているのではないか。糕點師《パティシエール》とはこうあるべき、という固定観念は捨てて、いまの環境で学べることを学んでゆくといい」

固定観念の塊《かたまり》である清国人の皇子にそう言われても、説得力がないのだが、固定観念に囚われないという意味では、永璘皇子もまた自身の国民性から、少しずれたところに自己の感性と視点を持つ。どちらも自分自身の自我を、己の属する社会の常識に無理矢理一致させようと、人にはわからない苦労を抱えている。

永璘は庶民の憧れる宗室に生まれながらも、父親に自身の才能を禁忌《きんき》とされ、結果を出せない仕事を振り当てられては、常に地位と家族に対する責任と義務を課せられる生き方を強《し》いられている。

マリーは文化と常識、人種の異なる二つの世界の狭間《はざま》に生まれたために、どちらに帰属するにも、強い反発を覚悟しなくてはならない。

ふたりとも、自分の居場所に違和感を覚えながらも、そこに留まり続けるために自分自身の適合性を証明し続けなくてはならない。だから永璘とマリーは気が合うのだろう。

マリー自身のアイデンティティは、フランス人でキリスト教徒である。それは故国において、東洋人との混血であるということで差別を受けていたとしても、揺るがない。清国に住むいまは、白人の特徴を具《そな》えたマリーを奇異の目で見る清国人は少なくない。異国人に対する差別はここでも受ける。しかも、キリスト教徒であることは、非常に不利に働くのだが、マリーが清国で差別や迫害を受けたとしても、心折れることなく現実に向き合ってこられたのは、両親から受け継いだ信仰のゆえでもあった。

永璘の言葉に、マリーの肩から力が抜けた。

この先、フランスに帰国することが可能かどうか、それは神にしかわからないことだ。ならば、この清国に与えられた場所で最善を尽くすしかない。フランスの、つまり世界で通用するパティシエとして認められるための修業や試験は、ひとまず横に置いて、永璘に与えられた甜心房を自らのパティスリーに作り上げていこう。

そもそも、故国を追われた天涯《てんがい》孤独な自分が、こんな恵まれた境遇にあることが、希有の幸運なのだ。

「はい。マリー・フランシーヌ・趙・ブランシュ、慶貝勒府《ベイレ》のために精進いたします」

マリーは両膝を床につく、最大級の拝礼を永璘に捧げた。

次に永璘と高厨師は、点心局の増員について話し合い、マリーは黙って耳を傾ける。たったいま自立の覚悟を固めたというのに、点心局が自分の居場所でなくなってしまう実感に、胸が締め付けられそうだ。

マリーの先輩である孫燕児が、厨師助手から厨師へ昇格すると同時に膳房から賄い厨房へ異動させられたときも、同じ寂《さび》しさを覚えたのだろうか。宮廷厨師になるために王府の膳房に徒弟として入ったはずが、味より量の賄いに日々追われることになった燕児の内心は、マリーの感傷とは比べものにならなかったはずだ。給料が上がったとしても、割り切れない思いがあったことだろう。

戻らない場所と記憶にいくら心を傾けても、何も改善されない。

点心局の業務がなくなり、甜心房に専念することで広がる可能性について、マリーは考えてみた。

自分のパティスリーを持てたといっても、王府という閉ざされた世界では、真の意味での自立――独立して自分の店を持つ――からは遠いが、それでもマリーの城と呼べる確かな空間だ。

まず、時間が増える。

しばらく休んでいた絵の練習を再開できる。

父のレシピと溜まっていた自分のレシピを整理し、清書に手をつけることができる。

師事するパティシエがいない現状では、父の残した伝統のレシピが、フランス菓子の唯一の師匠なのだ。

ついさっきまでの不安や寂しさと、未来への期待が胸の中で入り交《ま》じり、やがて置き換わっていく。

「というわけで、マリー」

いきなり永璘に呼びかけられ、夢想から引き戻されたマリーは「はィ?」といささか頓《とん》狂《きょう》な声で返事をしてしまった。

「清国にはいわゆる国の基準によって標準化された、と言っていいのか知らんが、糕點《ガオディアン》師《シー》という資格がない。そこで、各地の糕點師を招聘《しょうへい》して当王府に滞在してもらい、マリーに教授してもらう、という案はどうであろう」

唐突な提案に、マリーは目を白黒させて返す言葉に困る。中華甜心の修業は中断されたわけでも、保留になったわけでもなかったらしい。

永璘の目配せを受けた高厨師も、おもむろに口を開いた。

「うちの点心局で学べるのは、宮廷の甜心に偏《かたよ》ってしまう。前々から、瑪麗《マリー》には外の甜心を学ぶ機会が必要じゃないかとは思っていた。だが、外国人であるために北京の内外を自由に歩き回って試食したり、店に勤めることはできん。ならば、評判の糕點師に来てもらって、指導させてはどうかと老爺《ラオイエ》は仰《おお》せだ」

複雑な心境が、表情にも声音にも出ている。高厨師はまったくの他人、それも旗人ではない人間が王府に入り込むことに抵抗があるようだ。

一方、発案者の永璘の目はむしろ輝いている。北京で評判の店や、清国で名の知れた糕點師の作る甜心を食べられる期待に、いまから胸が膨《ふく》らんでいるらしい。

「それはー、いい考えですね」

つい間延びした返答になってしまった。

中華甜心について、学び続けることに異存はない。即答で是《ぜ》とうなずいた。高厨師も円《まる》い首を縦に振って、次の言葉を吐いた。

「有望な糕點師が見つかるまで、瑪麗はとりあえず、宮廷工芸菓子の習得に本腰を入れた方がいい。皇上から拝命している円明園の工芸菓子づくりにも役に立つだろう」

「宮廷工芸菓子……つまり」

マリーの言葉が喉に詰まる。

「五日おきに、王厨師に師事するように」

厨師の名を耳にしたマリーの顔から、さーっと血の気が引いた。点心局の第二厨師、王厨師は女で外国人との混血であるマリーを敵対視する、天敵といってよい存在である。

その王厨師が、透《す》き通った澄麵皮《ドンミンピィ》に包んだ餡入り饅頭を、本物そっくりな花鳥に成形し蒸し上げて、食卓に山河の風景を作り出す名人なのは認める。あの技術はマリーも喉から手が出るほど学びたかったが、マリーを憎んでいる王厨師が教えてくれるとはとても思えず、いつも横目でレシピとコツを盗もうと試みていた。

教えてもらえる喜びよりも、教えると見せかけてマリーを潰しにかかってくるのでは、という恐怖の方が強い。

「心配するな。老爺のご命令とあらば、王厨師も無体な言動は慎《つつし》むだろう」

高厨師が太鼓判を捺《お》してくれたが、マリーは不安しか感じなかった。

パティシエールのマリーと、和孝《わこう》公主の来襲

マリーが洋式甜心房の専属糕點師《パティシエール》になったと知って、真っ先に慶貝勒《ベイレ》府を訪ねてきたのは、永璘の異母妹で乾隆帝の末娘の和孝《わこう》公主であった。

天気の良い日の昼下がり、和孝公主は嫡福晋の鈕祜祿《ニオフル》氏に挨拶《あいさつ》をしてから、二歳になる息子を連れてマリーの甜心房へと足を運んだ。

「小さな子どもが入っても、だいじょうぶかしら」

大清帝国でもっとも高貴な女性が、扉から顔と体を半分だけのぞかせ、手足をバタバタとさせる幼児を小脇に抱えて、マリーに声をかけた。

「公主さま！」

マリーが驚きに声を上げると、作業台で手習いをしていた小蓮が、小さな悲鳴を上げて墨《すみ》をこぼした。

洋式甜心房の専任になってからは、贈答品や来客の多くなる季節行事のない時期は、マリーの甜心房はパンと菓子を焼くだけでよく、昼前にはその日の業務は終わる。余った時間は工芸菓子の設計や試作をしたり、レシピの整理でそれなりに忙しい。甜心房助手に正

式配置となった小蓮も、食材の伝票や食単《レシピ》を写し取るために、午後は書き取りの練習をして過ごしている。作業用の上衣も、新しいのを二組、作ってもらった。マリーの上衣は生《き》成《な》りの生地に衿《えり》の縁《ふち》取《ど》りと袖の折り返しが薄紅色で、小蓮の上衣は生成り一色である。

　数日おきに、点心局で宮廷甜心の極意を学ぶために、王厨師の圧迫感に満ちた胃の痛くなるような指導を受けなくてはならないが、それ以外はいたって平和でゆるゆるとした日々が続いていた。

　整理していたレシピを、さっと片付けて小《こ》櫃《びつ》に放り込んだマリーは、急いで和孝公主を迎え入れ、両手を左膝についてて膝を曲げ、腰を落とす満洲族女性の拝礼をする。小蓮も慌ててマリーの斜《なな》め後《うし》ろに来て膝を折る。

　和孝公主はにこにこと微笑み、ふたりに立ち上がるように命じた。マリーは石畳《いしだたみ》や煉瓦《れんが》がむき出しの甜心房には、公主とその息子を座らせられるような椅子《いす》もないことを、恥ずかしく思った。

「太監《たいかん》を迎えによこしてくだされば、こちらから伺いますのに」

　洋式甜心房は、前院の賄い厨房の裏に位置している。永璘の正房《おもや》からはもっとも遠く、福晋たちの廂房《わきのや》をつなぐ回廊からも外れており、下級使用人の使う、狭く殺風景な隘路《あいろ》を通らなければ出入りできない。

「いいのよ。洋式の厨房がどんなところか、見たかったんですもの」

　そう受け流す和孝公主の両把頭《りょうはとう》には宝冠も大拉翅《だいろうし》もなく、控えめな生花が飾ってあるだけである。長袍《チャンパオ》も派手《はで》な色合いではなく、豪華な刺繡《ししゅう》も施《ほどこ》されていない。一見すると、侍女か乳母が幼児を連れているような風情《ふぜい》であった。

王府の外塀の内側に沿った使用人通路を通るための、余計な騒ぎを引き起こさない工夫だろうか。息子の服も、御曹司《おんぞうし》が他家を訪問するときに着るような、派手で上質なものではない。

竈《かまど》に火はなく、道具類も片付けられているのを見て、和孝公主は息子を床に下ろした。和孝公主の息子は、見慣れぬ場所と人間たちを警戒しつつも、珍しそうにあたりを見回した。ゆるゆると足を踏み出し、棚の上に何やら発見する。母親へと振り返り、「あー、あー」と棚を指差す。そこには、ガラスの瓶が並び、それぞれに赤や黄色に色分けされたインゲン豆ほどの大きさの糖衣菓子が詰められていた。

瓶詰めにされた小さな菓子を目にした和孝公主は、瞳を輝かせてマリーに話しかける。

「あら、阿盈《あえい》が生まれたときに贈ってくれた甜心ね。あちらの国では、子どもの生まれた家には、この砂糖がけの堅果や飴を贈る習わしだと、マリーの添えた祝賀状にあったのを覚えているわ」

「ドラジェという名のお菓子です」

マリーは思わず満面に笑みを広げた。

皇帝の溺愛《できあい》する末娘が清国一の権勢を誇る軍機大臣の嫡子に嫁ぎ、初めての出産で男子を産んだのだ。春節《しゅんせつ》と中秋《ちゅうしゅう》が一度に訪れたようなお祭り騒ぎに沸《わ》き返る軍機大臣の邸《やしき》には、都じゅうから祝いの品が贈られたことだろう。さほど大きくも華やかでもない菓子器に詰め合わされた糖衣菓子など、埋もれてしまったのではと、少しだけ寂しく思いつつ、マリーは自分の身分では面会を許されない和孝公主の出産を祝った。

出産直後の回復期と、慌ただしく祝い事の続く日々が過ぎて、二年近くを経《へ》たいまでも、和孝公主がちゃんと覚えていてくれたことが嬉しい。

アーモンドなどのナッツ類、薬用にも使われるコリアンダーやアニスなどの種子を、蜂《はち》蜜《みつ》や色づけされた糖衣で包んだドラジェは、イタリア語ではコンフェッティともいう。作り方は単純ではあるが、紀元前はローマ帝国の時代からあるとされる、歴史のあるお菓子だ。

「ヨーロッパでは、アーモンドは多産や幸福をもたらすと信じられていますから、結婚式や――」

洗礼、と言いかけてマリーは口を閉じた。宗教的な語彙《ごい》は、なるべく口に出さない用心を、和孝公主に会えたうれしさで忘れかけていた。

「――いろいろなお祝い事でやりとりされます」

マリーは不自然な間を挟んで言い終えた。和孝公主はその間に気づかぬふりで、首をかしげて宙を見つめる。

「こちらの喜餅《シービン》みたいなものかしら」

和孝公主が宙に思い描いている喜餅がどのようなものかは、マリーには察しがたい。

中華の『餅』は小麦などの粉類を練って円盤状に成形し、揚《あ》げるか焼き上げるか、ときに蒸すなどして調理した主食や菓子を指す。例えばマリーが作るクレープは、薄餅《バオビン》とも煎餅《ジエンビン》とも呼ばれ、厨師らは中華のそれと積極的に区別しようとはしなかった。卵と牛乳、そしてバターが使われていることから、蛋餅《たまご》、奶餅《ミルク》、奶油餅《バター》と、食べた者の印象に残った風味によって呼び方はまちまちであった。主にクリームと果物を添えて出すことで差別化を図ったマリーだが、レシピ帳をまとめていたときに、さすがにこれではいけないと思い、鈕祜祿《ニオフル》氏に命名を願い出た。

あれこれと考え込んでくれた鈕祜祿氏だが、フランスの菓子はほとんどが卵と牛乳とバターを使用するため、どの菓子にも蛋と奶と奶油を使うことになる。その芸のなさに少しうんざりした鈕祜祿氏は、仏名の『クレープ』の音をそのまま音写して『可麗餅《クーリービン》』とした。マリーが鈕祜祿氏にもらってきたお墨付きを高厨師に見せたところ、『いい名前だ』と機嫌良く李膳房長に渡してしまい、以来、クレープは多少発音が変わってしまったが、そのままクレー（プ）餅となった。

このように、餅の形状と生地や、餡に練り込まれる材料とその組み合わせによって、餅菓子や餅料理にも種類と数がある。冠婚葬祭に大量に作られる喜餅も、蒸し餅に分類される饅頭や、丸パンに似た焼き餅に『喜』の文字を焼き付けただけのものであったり、月餅のような餡をたっぷり詰め込んでから、吉祥《きつしよう》文字を刻《きざ》み込んだ焼き菓子と、地方と家庭によってさまざまであった。

特に、それぞれの王府では、その家の特色と財力を見せつけるために、慶事用の菓子には趣向を凝らす。

和孝公主は、瓶にぎっしりとつめられたドラジェがよく見えるように、息子の阿盈《あえい》を抱き上げてやった。阿盈は手を伸ばして触れようとしたが、和孝公主はぎりぎり手が届かないように少し下がる。

「硝子《ガラス》の器に入っているから、触ってはだめよ」と阿盈に注意した後に、「こんなにたくさん作って、慶貝勒府《ベイレ》では何かお祝い事があるのかしら」とマリーに尋《たず》ねる。

「近いうちに慶事があるわけではないのですが、お客様がいらしたときの点心に少しずつ添えるようにと、用意しているのです。フランスでも、慶事のときだけではなく、宴会やお茶会にも、テーブルに彩《いろど》りを添えるために一年中出されています。糖衣の中は、アーモンド以外にもいろいろ使います。ピーナッツはその小ささから宝石の粒のように仕立てて、宝の箱を模した器に入れたりもするんです」

「それは素敵ね」

和孝公主はうっとりと微笑んだ。

「アーモンドは貴重ですが、ピーナッツはいくらでも手に入りますから、たくさん作り置きしておけます。安価に作れるドラジェは倒座房《とうざぼう》のお客さんや、その月に行いの良かった使用人へのご褒美《ほうび》にも使えるので、慶貝勒府の定番になってきています」

倒座房は、主人一家とは直接のかかわりのない業者や、他家からの緊急性の低い使者、あるいは上級使用人の関係者が接待を受ける建物だ。待ち時間や休憩の茶請《ちゃう》けに、炒《い》り豆や饅頭、寒い時期には麺類を入れた汁物も出される。

「それは励みになるでしょうね。こんな彩りの美しいものを出されたら、それだけで楽しい気分になれるもの」

マリーは棚から瓶を下ろし、持ち帰り用の容器をいくつか選んで持ってきた。黙って控えていた小蓮も、素早く他の瓶を並べるのを手伝い、持ち帰り用の容器を作業台に置いた。

ドラジェをもらえると察した阿盈《あえい》は、喜んで手足をばたつかせ、もてあました和孝公主は息子を床に下ろす。阿盈は嬉しさではちきれそうにはしゃぎ、床を飛び跳ねる。

「陶器の入れ物では、少爺《シャオイエ》の手が滑ったときに足を怪我《けが》されるかもしれませんから、紙の箱か籠《かご》にいたしましょうか」

和孝公主は小蓮に微笑みかけ「気《き》が利くわね。そうしてちょうだい」と鷹揚《おうよう》に応える。

小蓮がこれも彩りのきれいな小箱を並べた。小箱も選べると知った阿盈は、きゃっきゃと言語未満の歓声を上げて、あれこれと持ち上げては下ろした。小箱の色や形よりも、並べた箱の大きさを比べているあたり、ドラジェをたくさんいれようという知恵が働いているらしい。

「賢い少爺《シャオイエ》ですね」

マリーが微笑ましく見ていると、和孝公主は苦笑して、「欲の深いところは父方の祖父に似たのかしらね。夫だったら、ぱっと目についた好きな色を選ぶけど」と、マリーたちには相槌に困ることを言う。それから、器を抱え込む阿盈にドラジェを選ばせながら、小蓮にも声をかけた。

「マリーに助手がついたと聞いていたけど、あなたのことね。誠実な働き者のようで安心したわ。名前はなんというの？」

「しょ、小蓮と申します」

主人の爵位《しゃくい》『貝勒《ベイレ》』よりも位の高い『固倫《グルニ》』公主に声をかけられ、小蓮は緊張と驚きで口ごもる。

「新しいことが受け容れられない連中の風当たりも強くて、あなたも苦労するでしょうけど、マリーをよろしくね」

この国でもっとも高貴な女性に、優しく信頼を込めた微笑みを向けられ、小蓮はピンと背筋を伸ばした。

「はい。公主さまのお心に適《かな》いますよう、身命を懸《か》けて老爺《ラオイエ》にお仕えし、瑪麗《マリー》を助けて参ります」

そう誓《ちか》いを立てて、深々と膝を折り、腰を沈める。

「お立ちなさい。小蓮は、小さな子どもには慣れていますか」

唐突な問いに戸惑いながら、小蓮は答える。

「弟や妹の子守を、よくしていましたから、幼児の世話は慣れています」

「では、少しの間だけ、阿盈を見ていてくれるかしら。マリーと話をしたいの。阿盈がわがままを言ったら叱ってちょうだい。わたくしたちは遠くには行かないから、何かあったらすぐに連れてきて」

小蓮が返事をする隙も与えず、マリーに目配せをする。公主の命令ならば、小蓮には断る権利などない。しかしさすがに初対面で高貴な幼児の子守は及び腰らしく、小蓮の表情には困惑がはっきりと出ていた。

「すぐに帰ってくるから」

とマリーも念を押して、甜心房を出る。外には和孝公主付きの太監が、軒を支えて並ぶ柱のようにひっそりと控えていた。これなら阿盈《あえい》が小蓮の手に負《お》えなくても、すぐに助けに入ってくれそうだ。

和孝公主はマリーを連れて、正門へ続く内門をひとつくぐる。そこは家塾院《かじゅくいん》という小さな方形の中庭で、使用人たちの休憩場になっている。いまはほとんどの部署が日中の業務を終え、一番近い賄い厨房は夕食の準備で忙しいためか、家塾院は人気《ひとけ》がなくひっそりとしていた。

主人らの目を楽しませる宮殿の回廊に囲まれた中庭や、西の庭園とは異なり、家塾院には薔薇《ばら》や牡丹《ぼたん》などは植えられておらず、平凡な草花や古い梅の木が申し訳程度に色を添えている。春の花はおおかた散り、初夏を待つ葵《あおい》や皐《さつき》、鉄仙《てっせん》などが薄紅や白紫の蕾《つぼみ》を膨《ふく》らませている。

「年の暮れには、マリーにはつらいことがいっぱいあったと聞いて、見舞いに来たかったのだけど、こんなに遅くなってしまって、ごめんなさいね」

「いいえ、皇女としてのご公務と、ご長男の子育てに忙しい公主さまのお手を煩わせるなんて、畏れ多いことです」

「まあ、マリーはわたくしの西洋甜心の師匠なのよ。師の恩は、親の恩にも等しいの。弟子が師の困難に駆けつけないなんて、言語道断だわ」

和孝公主は、本心からマリーが乗り越えてきた試練を案じてくれている。

「もったいないことです。お見舞いや時候のお便りを、折々にいただいているだけでも畏れ多くありがたいことなのに――」

マリーの目元に涙がにじむ。アミヨーが他界して以来どうにも涙もろくなってしまったようだ。だが、身分や立場の制約のために親しく行き来できないとはいえ、自分のことを想ってくれる人間がいることは、異国に暮らす天涯孤独のマリーにとって、これほどありがたく、心強いことはない。

そのマリーの思いを悟《さと》ったかのように、和孝公主はマリーの手を取って、両手で包み込んだ。

「わたくしはいつでもマリーの味方。この先なにかあったら、わたくしを頼ってちょうだい」

和孝公主の声音に真摯《しんし》な響きを感じ取り、マリーはこの先なにがあるというのだろうと一抹《いちまつ》の不安を覚えた。

「なにかとは、なんでしょう」

和孝公主はまっすぐにマリーを見つめた。そして、顔を近づけて低い声でささやく。

「まもなく、皇上が位をお降りになります。永璘お兄さまはああ見えて用心深い方ですから、無用の難はお避けになるでしょうが、他人の思惑は計り知れないところがあります。もしもお兄さまがマリーを庇《かば》いきれない事態が起きたときは、わたくしのところへおいでなさい」

マリーはただ目を見開いて、和孝公主を見つめ返した。

注意深く要点に触れずに言われたことの意味を呑《の》み込み、理解する時間をマリーには与えず、和孝公主は身を翻《ひるがえ》して甜心房へと足を踏み出す。

「あ、あの。それはどういう――」

質問を許さない空気を感じ取ったものの、それでも引き留め、説明を求める言葉が口を突いて出てしまう。

ところが、マリーが言い終える前に、阿盈《あえい》のものではない甲高《かんだか》い子どもの声が、狭い通路を突き抜けた。

「叔母《おば》さま！　こちらにいらしたのですね。瑪麗《マリー》！」

ぷっくりとした白い頬をほんのり赤く染めて、和孝公主の膝にとりついてきたのは、永璘の長女、七歳になる阿紫《あじ》だ。マリーと初めて会ったときは、三歳になるというのにほとんど言葉を話さなかったというが、いまでは怒濤《どとう》のようにおしゃべりが止まらない、元気な少女に成長した。

まだ髪を両把頭に結《ゆ》う年齢には達しておらず、一本にまとめた辮子《おさげ》を背中に垂らしている姿は少年のように凛々《りり》しい。桃色が基調の豪華な刺繍《ししゅう》に彩られた旗服を着ているのでなければ、男の子と間違えてしまいそうだ。永璘よりは、幼い日の和孝公主に似ていると評判である。

母親の張佳《チャンギャ》氏も派手な美人なので、母親と愛新覚羅のいいところばかりを集めたような美貌《びぼう》が将来の楽しみと、家の者みなに可愛《かわい》がられている。

当の阿紫は自分の容姿にはまったくの無関心で、宮殿と庭を駆け回り、マリーの姿を求めて西園の西洋茶房『杏花庵』や、使用人の通路に出没しては、周囲を慌てさせている。

「阿紫さま、またひとりでこんなところへおいでになって！」

マリーは少しばかり叱り口調だが、愛しさのあふれる笑みで阿紫をたしなめた。

そのあとを、阿盈がよちよちと追いかけ、その阿盈が転ばないよう手を伸ばしつつ小蓮がついてくる。その後には、太監やら阿紫の声を聞きつけた侍女たちがわらわらとやってきた。幼いときに童話で読んだ、金のガチョウに手がくっついて離れなくなってしまった行列を連想させて、マリーを大笑いさせる。

「叔母さまがいらしてるというから、お母さまと後院の東廂房《ひがしわきのや》にご挨拶に伺ったのに、嫡福晋さまのところにいらっしゃらないんだもの」

永璘にも和孝公主にも目元の似ている阿紫が、桜色の唇を尖らせて文句を言うさまさえ可愛らしい。

「阿盈《あえい》がもらった糖衣丸《とういがん》、わたしも欲しい」

ドラジェのことを、王府の者たちは見たままの『糖衣丸』と呼んでいる。薬と間違えそうであるし、もう少し風情が欲しいと鈕祜祿《ニオフル》氏が考えた漢名は『果凍小玉《ダオレンシャオユー》』であったが、それも糖衣の中身によって『果糖豆子』や『果糖丸』、あるいは単純に『糖果』と言い換える者もいるために、定着していない。

マリーが応じる前に、和孝公主が阿紫に言いつける。

「嫡福晋さまか、お母さまに許可をいただいてからになさい」

マリーも同じ内容のことを言うつもりであったが、効《き》き目は和孝公主には敵《かな》わない。マリーを相手にするときの阿紫は、なかなかしつこい。言葉は遅くても、すでに三歳で上下関係を理解していたので、たびたびマリーのあとを追い回しては、甘いおやつをねだってきた。母親の張佳《ヂャンギャ》氏がマリーを嫌っているのと、永璘や鈕祜祿《ニオフル》氏がきちんとしつけてくれたので、無体なわがままでマリーを困らせることはないのだが、むしろマリーが阿紫を甘やかしたい誘惑に負けがちなのだ。

『張佳の奥さまには、内緒にしてくださいよ。誰にも言ってはいけません』

などと念を押しつつ、横を向いているうちにパクリと口に入れて食べられるような菓子を、さっと手渡すこともある。

マリーに懐いていることを実母が快《こころよ》く思っていないことは阿紫もわかっているので、そこは要領良く隠れて食べてくれる。しかし、宗族の女性としては、父の正妃である鈕祜祿《ニオフル》氏よりも上位にある和孝公主に逆らうことは、決して許されないことも、阿紫はかなり早い時期から理解していた。

マリーよりもひとつ年下ではあるが、その若さに似合わない威厳を、上手に使いこなすのが和孝公主であった。

「さあ、紅蘭《こうらん》お姉さまのお部屋に行って、マリーが作ってくれた甜心をいただきましょう」

和孝公主は鈕祜祿氏の名を口にして、子どもたちに微笑みかけた。姻戚上は目上である鈕祜祿氏と名を呼び合えるのは、家族と見做《みな》された者の特権である。

はーいと喜び飛び跳ねる子どもたちから、マリーと小蓮へと視線を移す。

「今日はいきなり乗り込んでごめんなさいね。あまり仰々《ぎょうぎょう》しくしたくなかったの」

そうにこやかに言い置き、「では」と別れを告げる。無言で付き従ってきた太監に、阿盈を抱き上げるように命じ、阿紫と手を繋いで中院に抜ける通用路へと向かった。

一行の姿がみな、通用路から中院の回廊へと消えたとたん、小蓮が「はあ〜」と気の抜けた息を吐いて、へなへなと座り込んだ。

「あー、びっくりした。いきなりおいでになるなんて。それに瑪麗《マリー》もなんで普通に会話してるの」

よほど興奮しているのか、西洋人がするように両手を振りながら、あきれた口調で訴える。マリーは首を横に振ってそれは違うと否定した。

「普通になんか話してないよ。失礼のないようにとても緊張して言葉を選んでる。和孝公主は、それはそれはお作法に厳しいの。間違った言動は、必ず直されるから」

和孝公主はマリーが清国で恥《はじ》をかかないように、少しでも人の謗《そし》りや揶揄《やゆ》を受けそうな誤った作法や、常識から外れてしまいがちな言動をたしなめてくれる。

乾隆帝の前に出るときのような、ひとつでも間違えると首が飛ぶ緊張感はないものの、相手の期待に応えたい、失望はさせたくないという思いで、和孝公主に会うときのマリーは緊張する。

「突然お会いするとなると、そりゃ焦るよ。心の準備が必要なお方だもの」

和孝公主はマリーをお菓子作りの師として、そして兄が家族に準じて遇しているマリーを友人として扱ってくれる。これはあり得ないほど幸運で、大切な縁であった。

「さ、そろそろ夕食の時間だから、賄いに行ってみんなの食事をもらってこよう」

「うん。隣の厨房からずっといい匂いがしてて、お腹が鳴って大変だった。公主さまは、こちらでお食事を召し上がっていくのかしら」

「そうかもね」

和孝公主が、他の人間の耳目《じもく》を憚《はばか》って告げに来た話を、マリーは思い返す。

乾隆帝の譲位は、前々から遠慮がちに人々の口に上っていた。八十を過ぎてまだまだ元気な乾隆帝ではあるが、皇帝の激務はやはり体に応えるらしく、以前ほど活動的ではないという。

庶民にとって、王とか皇帝というものは、空に太陽があるのと同じように、当たり前にそこにあって、そしてなくてはならない存在であった。フランスでは、王権は唯一の神によって授けられた者であり、中華においては天帝から天命を授けられた者が天子となる。どちらも地上における神の代理人であり、天意の執行者であるのだ。

もちろん、王も皇帝も人間である以上は寿命がある。

それでも、君主が長命で国家が安泰であることは、国民が日々の暮らしを立てていくためには、何よりも大切なことと信じられていた。

避けられないこととはいえ、自分の時代に代替わりが起きることを、不安に思う臣民は少なくない。まして、清国のように皇太子が予《あらかじ》め公表されていない皇位の継承には、ひとかたならぬ波乱が予想されるのだ。

和孝公主は、永璘が皇位争いに巻き込まれる事態を憂慮《ゆうりょ》しているのだろうか。マリーには想像もつかない世界のことであるが、自分がまさにその世界の空気を吸い、来《きた》るべき次代の波に呑み込まれかねない場所にいることを、まざまざと思い知った。

とはいえ、王府で働く他の使用人たちと同様に、上つ方で何が起きているかをマリーが知ることはない。それまでの生活が変わらないように祈りつつ、同じ日々を繰り返すだけのことだ。

いつかこの生活が、奪われることがあるのだろうか。

家族との穏やかで希望に満ちた暮らしがある日突然打ち砕《くだ》かれ、何もかも失い、二度と戻れない、取り返せないなんて経験は、人生に一度きりでいい。

いや、今回は警告があるから、同じ経験ではない。それに、今日に続く明日が、同じ未来だなんて、マリーはもうずっと前から信じていなかった。

慶貝勒《ベイレ》府での穏やかな生活はいつか終わる。

キリスト教徒のマリーは、ときの君主の考え次第《しだい》で、いつこの国を追い出されるかわからない。永璘と鈕祜祿《ニオフル》氏に何かあったとき、他の妃たちや使用人たちがマリーを助けてくれることなど、期待もしていない。

いつかは自力で、正真正銘、誰も助けてくれない状況で生きていかねばならない日が来るかもしれないのだ。

そうした予感はいつもあったし、忘れてはいけないと思っていた。

ただ、少しだけ、願うことを許されたい。

永璘が皇帝になれば、キリスト教徒だろうと外国人であろうと、この清国でふつうに生きていけるのではと、願ってしまうことを。

和孝公主の訪問から三日後、マリーは休日を西園の西洋茶房『杏花庵』に入り浸って絵を描いていた。

杏花庵の管理者は、永璘の側近宦官である黄丹《こうたん》で、マリーの仕事に非常に協力的な味方だ。いつ行っても掃除は行き届き、新鮮な水と豊富な薪《まき》が用意されており、必要ならばいつでも火が使えるよう、竈《かまど》には灰をかぶせた熾火《おきび》が寄せてある。

　杏花庵はもともと、永璘が独立して王府を開いたときに、後宮からついてきた茶師の老太監が住まいとしていた茶房であったという。入り口の土間に竈がひとつあるだけの厨《くりや》と、部屋が中の間と奥の間のふたつという、つつましい造りだ。名前の通りに、杏の木々に囲まれており、春には杏の白い花が咲き乱れ、秋には夕陽色の実がたわわに実る、趣《おもむき》のあるコテージではあったが、茶師の太監が世を去ってからは、管理もなおざりで、荒れた雰囲気となっていた。

　王厨師が四年前にマリーを厨房から追い出すきっかけとなった『アーモンド騒動』のあと、お菓子を作る場所をなくしたマリーのために、永璘がこの庭園にぽつねんと建つ杏花庵を、洋菓子の作れる茶房に造り替えてくれた。

　マリーが点心局に戻ることを許されたのちも、杏花庵は洋菓子作りの茶房として使い続けることを許され、前院の厨房裏に業務用規模のオーブンを備えた洋式甜心房を建ててもらったいまでも、杏花庵は継続してマリーの裁量に任されていた。

　というのも、前院の洋式甜心房だけでは、日常業務と皇帝の命令である『円明園の風光と建築物を題材にした工芸菓子』作りを並行して行うには手狭であったからだ。

　円明園を描いた絵画や、建築関連の資料、そして作製した縮小モデルの置き場などが必要で、西園のコテージはそのままマリーの第二の仕事部屋となっていたのだ。

満席膳房の勤務から解かれて以来、マリーは休日も杏花庵で過ごすようになっていた。北堂へのミサには、相変わらず行けないでいる。自分で休みの日を決めることのできる立場なのだから、いつでもミサに行けばいいと思うのだが、あの場にアミヨー神父がいないことが、どうしてもマリーには耐えられなかった。

マリーには休日に帰省する実家も、訪ねる友人もいない。アミヨーの墓参も、北京の外へ出るために必要な手続きが煩雑で、永璘に手間をかけさせるのが心苦しい。大勢の使用人と訪問客の絶えない王府で、気分転換ができて静かに落ち着ける場所といえば、西園の杏花庵ぐらいなものだ。

休日をひとりで過ごすようになってから、当然ながらパンシ神父の絵画レッスンは中断されたままだ。

だが、絵は描き続けている。父の残したレシピで、その味を再現したと確信できるまで何度も作った菓子を、自分の手で書き写し、そこに絵を描いて添えた。その原稿もずいぶんと溜《た》まってきた。材料や道具が手に入らず、父のレシピで再現できないものもあるが、それでも一冊の本が作れる量だ。

漢字のレシピ本も同時に訳しているので、絵も同じものを二枚ずつ描いていた。

これを本にして出版しようとは、マリーはこのときはまだ考えていなかった。だが、父の遺産と自分の学びを、ただの覚え書きの束ではなく、装幀を整えて製本したいとは、ずっと思っていた。

出版まで考えていなかった理由は、印刷の費用がどれだけ必要なのか見当もつかなかったからだ。もしかしたら、店を一軒始めるくらいの軍資金が必要かもしれない。だが、永璘や高厨師、袁枚《えんばい》など、世話になった人々に進呈するくらいの数なら、時間をかければ自分で写本を作って綴《と》じることはできそうだと考えていた。

フランスには仮綴じされた本の製本を、手作業で請け負う職人『ルリユール』がいる。自分だけの書籍を一冊から作ってもらえるのだ。清国にも同じような業者がいるだろうかと、永璘に相談したことはあるが、そのときも出版までは念頭になかった。

資金だの予算だのといったことは、まったく展望がない上に、出版についてもぼんやりとした知識しかない。

フランス語のレシピ本は活版印刷、漢字版は木版印刷になる。絵画は銅板か木版に職人が元になる絵の通りに彫《ほ》っていく。挿絵《さしえ》に色をつけたければ、一枚の絵に何枚もの版木が必要になる。

版画の工程について詳しいことは知らずとも、マリーは彫りやすいはっきりした線で挿絵を描くことを意識した。

ほとんど人の来ない、静かなコテージは、絵の練習に没頭《ぼっとう》するにはぴったりの環境であった。

そして、ここには永璘がやってくる。

集中して文字を書き、絵を描いているマリーは、永璘が入ってきても気がつかないことが多い。永璘もまた、マリーの集中を妨《さまた》げることを避けて物音を立てず、声もかけずに中の間からマリーの作業を見守り、飽《あ》きることがないようだ。

黄丹が永璘に茶を淹《い》れ、菓子を出している物音にも、マリーは気づかない。

指と手の甲が強《こわ》ばったり、目が霞《かす》んだりして、もう筆や鉛筆を動かせなくなってはじめて、マリーはうーんと伸びをして凝《こ》った肩を揉《も》みほぐす。

そうしてようやく、周囲の音や気配に気がついて、慌てて永璘に対して拝礼をする。

「老爺《ラオイエ》！　気がつかず、大変申し訳ありません」

「いや、妙齢の女性が一心不乱に何かに打ち込んでいるのは、良い見物だ。紅蘭が祈ったり、針を使っているときも、ついつい気づかれぬところから眺めてしまう」

「いえいえいえ」

マリーは焦って両手をバタバタとさせる。鈕祜祿《ニオフル》氏と比べられるなんて畏れ多くて失礼なことである。第一——

「もう妙齢は通り過ぎています」

清国では二十歳は嫁き遅《い》れとされ、初婚で条件のいい家に嫁ぐことは難しいとされている。結婚に興味のないマリーにとってはどうでもいいことだが、妙齢は十五から十八を指すのが清国の習わしであるから、永璘の世辞はちょっと媚《こ》び過ぎではないかと思われる。

「どれどれ、かなり進んだな。見せなさい」

マリーの困惑を無視して、永璘は奥の部屋に入り、炕《かん》や卓の上に広げられた紙の山を一枚一枚手に取り、検分していった。原稿を眺めていた永璘は、頁《ページ》数の膨大《ぼうだい》さのわりに、挿絵の数は増えていないことに気づく。

「仏版と漢版を同時に作るのは時間がかかるな。マリーの母国語である仏版の食単本を先に完成させて、それを漢語に翻訳《ほんやく》した方が早いのではないか」

マリーの書きためた原稿は、一頁にレシピがひとつと、挿絵がひとつ。そのため、膨大な原稿のほとんどは挿絵待ちで、頁の半分は空白の状態である。それが漢仏版の両方あるのだ。

「これはかなり分厚い本になりそうだ。それに同じ絵を漢仏両方の原稿に二枚ずつ描く手間も馬鹿にならない。費用の面から考えても頁数はできるだけ少なくした方がいい」

「費用、ですか」

マリーはキョトンとして訊き返す。

「印刷にかかる費用だ。製本して出版したいのだろう？」

言わずもがなであろう、とでもいった表情で永璘が応える。

「頁数が増えれば増えるほど、費用は嵩《かさ》んでいく。ひとつの頁にいくつかの食単をまとめて、挿絵は挿絵で何種類かの甜心をまとめて描いておけば、頁数を減らすことができる。本は薄くなって運搬も楽になり、一冊あたりの値段も抑えることができて、多く刷ることができる。出す方も売る方も、そして買う方も三方大満足というわけだ」

なんだかいきなり話が大きくなっている。マリーは永璘の思い描いている図が見えてこず、「印刷？　出版？　運搬？」と口の中で単語を転がすばかりだ。

「文書と挿絵は別々の頁に載せなさい」

まるで理解できてない、という目つきで見つめ返してくるマリーに、永璘は噛んで含めるようにして、助言を繰り返した。

「挿絵はもう少し小さく描いて、数種類ずつをひとつの頁にまとめておけば、枚数が少なくてすむだけではない。挿絵の頁を本文と別にすれば、挿絵の版木は漢仏両方に使える。そうすれば、同じ絵を二枚も書く必要はなくなり、挿絵の版木もひと組ですむ」

「そうしたら、どのレシピ文がどのお菓子の絵を指しているのか、わからなくなりませんか」

マリーは思わず反論してしまった。というのは、レシピの横に該当する菓子の絵を添えておかないと、どの説明がどの菓子のものか、読者にはわからなくなると思っていたからだ。何よりマリー自身の好みもあったのだろう。絵本のように各頁に挿絵があった方が楽しく、詩と絵が一枚の画に書かれている中華の絵画のように、レシピの横に対応する菓子の絵が置かれている構図が、ずっと自然に思えたのだ。

「そこは対照できるように、本文と挿絵にそれぞれ同じ番号を振っておけばいい。挿絵の頁には、番号や菓子の名称を漢仏両方で板刻しておけば問題はないだろう」

ようやく、永璘の示すレシピ本の形が、マリーにも見えてきた。

「あ、そう、ですね。それはとても、賢いやり方です」

まさに『蒙《もう》を啓《ひら》く』とはこのことで、マリーはどうして気がつかなかったのかと恥ずかしくなった。そもそも印刷や製本の知識などなく、いままで手にしてきた数少ない書籍をもとにした、ぼんやりとしたイメージしか持っていなかった。

正直なところ、自分が書き上げた原稿を束ねて揃《そろ》え、綴《つづ》ったものを印刷所に持って行けば、本になると勝手に思い込んでいた。

レシピ本は画集でもなければ、子どものための絵本でもない。おとなが読んで生活に役立てるための指南書だ。そのためには使いやすい厚さと、求めやすい値段でなくてはならない。

マリーは自分でも自覚のないうちに、手作りの少数製本から、印刷して出版する方向に考えが変わっていった。

「じゃあ、はじめからやり直しましょうか」

「いや、とりあえず仏語版に載せる絵を描き終えてしまうといい。中華版はどのみち、校正にかける必要があるだろうから、文章は別の紙に清書することになる」

「この原稿は、使わないのですか」

「言いたくないが、上手に翻訳できているとは言えない。私が見ても、いくつか間違いがある」

マリーは唖然とした。

「私の漢語文が下手《へた》くそで間違いだらけだって、どうしてもっと早く言ってくださらなかったんですか」

「マリーが自分のために趣味で作っているものだと思っていたからだ。本にしたいと言ったのは、つい最近になってからだろう？　せっかく作るのならば広く頒布《はんぷ》できるよう、体裁を整えたものがよかろう。慶貝勒府《ベイレ》の面目《めんぼく》もある。そこで書籍の印刷について問い合わせてみたのだ。少し前に書き損じを失敬していったのを覚えているか」

マリーが反古《ほご》にした紙を、永璘が持って帰ったのを思い出す。それからいままで、マリーのレシピ集を出版することを、永璘は真面目に考えてくれたのだ。

「あ、あの。ありがとうございます」

「本気で書籍として出すつもりならば、今日までの漢語の原稿を借りてもいいだろうか。印刷工房の者に、どんな風体の書籍にできるか、検討させてみたい」

永璘はできあがったページを選《え》り分けつつ、マリーに訊ねる。

「で、でも、文章が間違いだらけなの、恥ずかしいですよ。漢字も文章も読めたもんじゃないんでしょう？」

マリーはそばかすの散った白い頬を赤く染めて、拗《す》ねたように言い返す。

「そこまでひどくはない。意味は取れる。確かに漢字がよく書けているとは言い難《がた》いが、そもそもこの国の連中からして、満足に文字や文章が書ける人間は多くないのだ。気にすることでもない」

永璘の言うことはもっともだが、それならなおさら、出来の悪い文章を他人に見せたくはない。

「気にしますよ」とマリーは手を伸ばして、永璘が手にした原稿を奪い返そうとした。

「聞き分けのないやつだ」と永璘が苦笑して、ひらりと一歩下がった。原稿にマリーの手が届かないようにする。

ふいにマリーは切なくなった。気がついたときには、頬に涙がほろほろとこぼれ落ちていた。

「あ、あれ？」

マリーは驚いて、頬に手をやる。永璘を見ると、驚き慌てて、マリーへと手を伸ばしてきた。

「そんなに嫌なら、誰にも見せはしない。泣くほど嫌なら、無理じいはしない」

永璘の顔は真剣だ。泣いてしまったマリーを宥《なだ》めようと、ひどく焦っている。滑稽《こっけい》なほど、慌てている。困って焦る永璘の顔が、なんだか笑えるほど嬉しい。

「いや、あの、そうじゃなくて」

そう言っている間も、涙が止まらずにあふれてしまう。マリーは両手で顔を覆《おお》って、ひとしきり泣きじゃくり、あふれてきた感情を涙とともに押し流した。

「老爺《ラオイエ》のお心遣いが嬉しくて、今日みたいなやりとりがとても楽しくて、こんな日がずっと続けばいいな、とふっと思ったんです。そしたら急に涙が――」

永璘は子どもにするようにマリーの頭に掌《てのひら》を置いて、ポンポンと軽く撫《な》でた。

「和孝が、何か言ったのか」

思いがけなく鋭い質問に、マリーはぎょっとして頬をこする手を止めた。

「どうして――」

わかるのか、とマリーは言葉に詰まる。和孝公主が訪ねてきてから、もう何日も経《た》っているのに、察しの良さが永璘らしからぬ。

永璘は炕《かん》の上に積み上げられた草稿を脇に寄せて、マリーに座るように言った。そして自分には椅子を引き寄せ、腰を下ろす。

「先日の訪問では、和孝は私にも釘を刺していったのだよ。十一阿哥《あか》が和珅《ヘシエン》に擦り寄っている、気をつけろ、とな」

永璘の途方に暮れたような言い草が、あまりにも永璘らしくて、マリーは思わず噴き出しそうになった。十一阿哥とは永瑆《えいせい》、成《せい》親王のことだ。才気煥発《かんぱつ》だが度を越した吝嗇家《りんしょくか》で、人望は四人の兄弟の中では最低ではないかとマリーは思う。和珅は和孝公主の夫の父親で、皇帝の寵臣《ちょうしん》として、この国の富を独占しているとされる権力者だ。

「気をつけようにも、十一阿哥の頭脳と和珅の富が組めば、私ごときではどうにもならんのだが」

「そんな、情けないことおっしゃらないでください」

「これが現実というものだ。私にできることは多くはない。皇上が譲位の準備をなさっていることは、朝廷の誰もが知っている。公然の秘事、というべきかな。我々がどう焦ろうと、皇上のお心は定まっていて、次の皇帝となる者の名は決まっている。下手に足掻《あが》いた者が地獄に落ちることになる。私は何もしないし、何も望まない。それが私のすべきことで、取るべき態度だと思っている」

永璘は思いのほか現実をしっかりと見つめ、受け止めていた。

「和珅は十一阿哥に与《くみ》することに興味を覚えなかったようだが、そのために十一阿哥はいっそう焦っているから、何をするかわからない、というのが和孝の考えだ。というのは昨年末、兵部尚書《へいぶしょうしょ》の出した書類に、本来は十五阿哥であるべきところが十一阿哥の名となっていた。兵部尚書は不敬罪で譴責《けんせき》を受けたが、名前のすり替えは意図的にされたもので、十一阿哥の差し金であるという疑いも消えていない。皇上は皇太子の名が隠されている乾《けん》清宮《せいきゅう》の警備と見回りを増やされた」

その書類とやらの内容や重要度については、永璘は詳細を避けたが、一国の軍務大臣である兵部尚書が皇帝から叱られるほどのことだから、皇位を左右する大切な報告か記録であったのだろう。

乾隆帝の譲位がささやかれている時期に、兵部尚書の地位にある者が、人名の書き間違いなどといった単純なあやまちを犯すとは、誰も考えなかった。本当に不注意な思い違いによる過失だったとすれば気の毒な話だが、状況が状況だけに、故意に乾隆帝に対する皇子らの印象を操作する目的があったのでは、そしてそこに永瑆の意図が存在したのか、という疑惑は永遠に残ることだろう。

永瑆が失地回復にどのような手段に出るかは、皇位継承の資格を有する者にとってははた迷惑ながら深刻な心配である。

「お祖父《じい》様の代の皇位争いは骨肉相食《こつにくあいは》むという状況で、廃太子だの幽閉だの、そして毒による賜死《しし》などで、皇族を含め重臣らが何人も世を去った。皇上のときは皇子の数も多くはなく、ご生母のご身分も高く、皇上の才気が抜きん出ていたこともあって、かなり早い時期から皇太子として定まっていたにもかかわらず、原因不明で除籍されたり早世したご兄弟がいる。次の皇位継承で揉《も》め事が起きないと考える方が楽観に過ぎるのだろう」

永璘は嘆息《たんそく》し、漫然とした目つきで草稿の山を眺めた。

「十一阿哥が出し抜こうとしている相手は十五阿哥で、私などはまったく視界の隅にも入っていないわけだが」

唇の端を歪《ゆが》めるような笑い方で、永璘は小さく肩を揺らした。

「それだけ十一阿哥が焦っているということは、皇上のお心は十五阿哥で定まっているということだろう。我々は下手に火の粉を被らぬよう、時が過ぎるのを待てばいい。ただ、万が一――」

永璘はそこで声を低くした。

「十一阿哥が即位するようなことがあれば、我々の将来は少しばかり厳しいものになるだろうな。そうならないよう、マリーも祈ってくれ」

少しばかり、というのはかなり控えめな表現だろう。

競争相手としては見做《みな》されていないようだが、常に同母兄の永琰《えいえん》の味方であった永璘を放っておいてくれるほど、永琨は寛容ではないだろう。冤罪《えんざい》をでっちあげられて爵位を下げられるだけですめば、それでも軽い方ではないだろうか。そしてマリーの進退については、御膳房の糕點師《ガオディアンシー》として召し上げ、後宮でこき使われる未来も冗談《じょうだん》ではすまない。

想像するだけで鬱々としてくる。そんなマリーの表情を見て、永璘は朗らかに笑ってみせた。

「まだ何も定まってはいない。皇上は矍鑠《かくしゃく》としておられるし、十一阿哥と和珅が何を画策しようと、すでに乾清宮の額の裏には、次の皇帝の名が書かれた勅書《ちょくしょ》が置かれている。いまさらじたばたしても、誰にもどうにもできない」

たとえ、永璘が小細工を弄《ろう》さなくても、太子密建の勅書に書かれたのが乾隆帝の手蹟《しゅせき》による永璘の名であれば、永璘には粛々として従うほか術《すべ》はないのだ。

「万に一つのことではあるが、もしも十一阿哥が即位したときは、マリーを出仕させろと言い出す前に、フランスに送り返すか、妃として娶《めと》るかするべきだと和孝公主は忠告していった。それは紅蘭とも考えていたことではある」

和孝公主の、いざとなったら自分を頼れ、というのはそういう意味かとマリーは腑《ふ》に落ちた。マリーを一時保護し、国外へ逃がしてくれる手はずを整えられるのは、イギリス商人と懇意《こんい》にしている舅《しゅうと》の軍機大臣の人脈ならではのことだ。

少なくともいまのマリーは、フランス革命のときのように、漠然《ばくぜん》とした社会不安に怯《おび》えながら、日常が崩壊し何もかもなくしてしまうまで、国王の権威が地に堕《お》ちて国が崩壊するなど想像もできなかった無知な少女ではない。起こり得る未来を予測し、どう動けばいいのかと考える力も、頼りになる情報源も持っている。

パティシエールとして自立したいだけなのに、こうも長い遠回りと苦労をしなくてはならないのかと思わなくはないが、そういう時代と境遇に生まれ合わせてしまったのだとあきらめるしかないのだろう。

第二話

慶貝勒府の大騒動

西暦一七九三～四年　乾隆五八～九年　冬～初夏
北京内城／熱河

パティシエールのマリーと、新たな勅命

毎夜、床《とこ》に入る前に「明日も今日と変わらぬ平穏な日でありますように」と祈りを捧《ささ》げて眠りにつく。

毎朝、目が覚《さ》めるたびに「今日も昨日と同じ良き日でありますように」と願いを込めて布団《ふとん》を撥《は》ねのける。

マリーの毎日はそのようにして過ぎていったのだが、何事も起きる気配はなかった。

ただ、王府の隅《すみ》でささやかれる譲位と次期皇帝の噂《うわさ》話は、次第《しだい》に不穏さを増して行き、下女部屋の仲間たちでさえ、部屋に入ると小声でその日に聞いてきた情報——といってもほとんどが根も葉もない推測や妄想《もうそう》じみた噂話ばかりであったが——を話し合う。

マリーはそうした話には加わらないのだが、それがかえって皆の知らない秘密を知っているように思わせ、いらぬ追及を受ける羽目《はめ》になった。

「本当に、老爺《ラオイエ》や嫡福晋《ちゃくふくしん》さまから何も聞いていないの?」

小杏《しょうあん》は疑わしげにマリーをにらみつけた。

「知らないよ。私如《ごと》きにそんなお話があるわけないじゃないの」

それでもしつこく食い下がってくる小杏や小葵《しょうき》との間に入って、ふたりをたしなめたのは、意外にも小蓮《しょうれん》だった。

「いい加減にしなよ。それに、もし瑪麗《マリー》が何か知っていたとして、軽々しく漏《も》らすと思うの？　噂話が好きな口の軽い使用人は、どこにも雇《やと》われなくなってしまうよ」

小蓮は強気で断言すると、あっさりとふたりを追い払ってくれた。

「ありがとう。なんだか、王府の空気が良くないね」

マリーのうんざりした口調に、小蓮は小声ながらもきっぱりとした口調で応える。

「だって、新帝のご即位なんて六十年ぶりだもの。皇上のご即位を実際に生きて目にした人はもうほとんどいないし、過去の代替わりではいろいろあったから、何が起こるのかわかってなくて、不安になっている人も多いんじゃないかな」

乾隆帝《けんりゅうてい》の治世が長すぎたために、世の中の人は乾隆帝が皇帝であることに慣れきってしまい、それ以外の清国というものが考えられなくなっていたのだ。世界が膠着《こうちゃく》しきっているのだろう。

そして、慶貝勒《ベイレ》府の主人は皇族であり、四人しか生き残っていない今上《きんじょう》帝の息子なのだから、皇位を得る可能性を捨てきれずにいるのだ。当たり前と言えば当たり前のことなのだが、永璘《えいりん》と乾隆帝の間の確執《かくしつ》を知る者はほとんどいない。

乾隆帝が、末の息子を他の息子たちに比べて不出来であると不満を漏らしたことは秘密ではないが、知っている者は多くない。十一男の永瑆《えいせい》についても、人格に欠点があることを公《おおやけ》に叱責《しっせき》し、何度か改善を要求したことも宮廷内のことであり、皇室の実態など、知らない人間の方が圧倒的に多いのだ。

そして円満にことが運ぶよりも、身分が高く生活に不自由のない人々が不幸になるのを見て、溜飲《りゅういん》を下げる人間も少なくはない。そうした連中は今回の譲位においても、きな臭さを求めて悪意のある噂話に油を注いで回っているのだろう。

「火のないところに火を点《つ》けてまわる人間って、確かにいるのよねぇ。世界じゅうにいるのかしら」

うんざりした気持ちを隠さずにぼやくマリーに、小蓮はくすりと笑ってみせる。

そこへ、青天の霹靂《へきれき》の如く、マリーに新たな工芸菓子の製作という勅命《ちょくめい》が下った。

マリーが杏花庵《きょうかあん》でこれから作る工芸菓子の図面を引いていたとき、永璘が見知らぬ太監《たいかん》を伴ってやってきたのだ。太監は勅諚《ちょくじょう》を携《たずさ》えていることを示すたすきをかけていた。このたすきを見たら、この使者を皇帝本人と考えて最上級の拝礼を取り、顔を伏せて勅諚の内容を傾聴しなくてはならない。

その勅諚は、マリーにできるだけ大きな龍の工芸菓子を作れ、というものだった。

「龍の工芸菓子ですか」

「人間よりも大きな龍の像を、来年の春までに菓子で作るようにとの仰せだ」

正直なところ、気まぐれに壮大な注文を投げつけないで欲しい、と叫びたい心境だった。

しかし、ぐっとこらえて、与えられた挑戦は実現可能かどうかを考え込む。

『承《うけたまわ》りました』と即答しないマリーに、勅使の太監は苛立《いらだ》たしげに返事を促《うなが》す。

マリーは顔を上げて自分の考えを告《つ》げた。

「いま製作中の、円明園《えんめいえん》の二景はどういたしましょう。どちらも、皇上の熱河《ねつか》からのご帰還に合わせて、十月以降に完成する予定でおります。人物より大きな生き物の像をお菓子で作ったことがありませんから、どれくらいの時間が必要かもわかりません。今年いっぱいは、材料の選出や試作品を作ることに費《つい》やさなくてはなりませんから、他の工芸菓子に割《さ》ける時間がなくなってしまいます」

勅使は苛立ち、「受けるのか、受けぬのか！」と甲高《かんだか》い声で問い詰める。

「受けられるか、受けられないかは、円明園の二景の納期を、新規の工芸菓子が終わるまで延ばしていただけるとの確約をいただかなくては決められません」

勅命であるというのに口答えばかりする小娘が、と顔いっぱいに書かれた勅使は、怒りで顔を赤と紫に染める。

「まあまあ」と永璘が間に入って、勅使をなだめる。

「年に三つも精巧な工芸菓子を作れない、というのは不遜《ふそん》でも不敬でもありません。ましてこの趙《ちょう》マリーはようやく徒弟の修業を終えたばかり、専門の技術が要求されるような、本人の力量を超えた仕事を命じるのは、むしろ死を賜《たまわ》っているようなもの。ここは一度お引き取りいただけないだろうか。円明園二景は来年以降に持ち越してもらえるよう、私からも皇上に申し上げる。貴殿ひとりの責任にはしません」

太監が怒っているのは、勅使の役目を果《は》たせずに帰ると、どんな罰《ばつ》や叱責を受けるかわからないという不安からだ。せっかく皇帝の言葉を伝える重役を担《にな》うところまで出世したのに、何もかも水の泡になってしまうかもしれないのだ。

かといって、できない仕事を引き受けてやり遂《と》げられなかったら、マリーの首だけではなく慶貝勒《ベイレ》府の存続も危うい。永璘は自身の保身のためにも、太監とともに皇帝の言質《げんち》を取ってこなくてはならない。

父親にいちいち伺《うかが》いを立てなくては、命さえも危ぶまれるとは、皇室に生まれることは決して幸運なことではないとマリーはため息をついた。

こちらの戦々恐々とした思いとは裏腹に、円明園《な》の工芸菓子は延期してよいとの乾隆帝の許可はあっさりと出た。永璘は無意識に首を撫でつつ、マリーに吉報を届けた。

「安心してもいられません。人間よりも大きな龍の彫刻《ちょうこく》とか、材料からしてどうしたらいいのか想像がつかないんですけど」

「おそらく、譲位の儀式に向けて、誰も見たことのない工芸菓子を飾《かざ》って、人々の度肝《どぎも》を抜きたいとお考えなのだろうな」

「ご譲位は来年ということですか。その日のための細工物を老爺《ラオイエ》にご命じになるなんて、また世間が沸きますね」

「政治的なことがわかるようになってきたな」

嬉しくもなさそうな顔で、永璘が応じる。

「我が家にご下命なさったのは、瑞兆《ずいちょう》かつ皇帝の象徴である龍の工芸菓子を飾らせて、譲位の花道としたいとお考えのことで、政治的な意図はない。それは今日、お話を伺ってわかった。皇上は私に皇位を譲る気など、これっぽっちもおありではないこともな」

そう言って、永璘は持ち上げた右手の親指と人差し指をぴったりくっつけて見せた。一《いち》毫《ごう》たりとも挟み込める隙間《すきま》はない。

「それはそれで、残念ですね」

老人特有の気まぐれに振り回される理不尽《りふじん》さに、マリーはため息をついた。

とはいえ、乾隆帝が好奇心と思いつきで無理難題をふっかけてくるのは、昨日今日のことではない。若いときも宣教師たちの献上《けんじょう》するからくり時計やネジ巻きで動く動物を見て、もっと精巧な実物大のからくり人形《オートマタ》を作れないかと命じたことがある。

もとから向学心の強い乾隆帝は、珍《めずら》しいもの好きな帝王の無邪気さを持ち合わせている。深淵で周到な政治的意図のある言動を、常に貫いているわけではないのだ。

「ご譲位に絡《から》めて周囲がとやかく騒ぐことは目に見えていて、マリーがそのことをわかっているのは、助かる。周りの騒音は気にせず、役目を果たしてくれ。今年いっぱいは、他の仕事は後回しにして、新規の工芸菓子を優先させていい」

かといって、朝から晩まで一つのことにかかりきりでは、頭がおかしくなりそうだ。気分転換にふつうの菓子を作って、永璘たちに食べてもらうのは、日常通りでよいかと訊ねる。

「もちろん。無理のない程度にな」

永璘は嬉しそうにうなずいた。


さて、問題の龍である。

マリーは彫像に関してこれまで注意を払ってきたことはない。キリスト教では悪魔の使い、あるいは悪魔の化身《けしん》そのものとして忌《い》み嫌われる龍であるが、西洋のドラゴンと東洋の龍は見た目も性格もまったく異質なものだ。

どちらも爬虫《はちゅう》類の特性を持ち合わせた、現実には存在しない超自然的な存在である。だが、蝙蝠《こうもり》のような翼を持ち、太りすぎて腹のずんぐりした犬か獅子《しし》のような体型に、火を吐いて人間を襲って食べるドラゴンと、蜥蜴《とかげ》のようにほっそりした体軀《たいく》に鷲《わし》のような鉤爪《かぎづめ》、翼を持たずしても神通力で空を飛び、天候を自在に操る自然神として信仰される東洋の龍では、比べるまでもなくまったく別種の獣《けもの》であると断言できる。

中華の黎明《れいめい》期から歴代の王朝に皇帝の象徴として受け継がれてきた龍の意匠《いしょう》は、紫禁城《しきんじょう》の玉座から庶民たちの生活の隅々まで用いられている。布教の初期に東洋を訪れたキリスト教の宣教師たちは、いたるところに龍の絵や彫刻が飾られていたことから、悪魔に支配された野蛮《やばん》な国だと勘違いしたようだが、数千年に及ぶ人々の崇敬《すうけい》の念が強すぎて、龍神を排斥《はいせき》することはついにできなかった。

勅命が下った日から数日も経《た》たずに、永璘は王府じゅうにある龍の絵画と彫刻を持ってきて、参考にするようにと告げた。さすがにどれも卓上や棚に飾る程度のもので、人間より大きな龍など想像するのは難しい。

そこでマリーは、城下を回って大きな龍の像を見て歩くことにした。

時世が時世なので、用心して髪を黒く染め、笠を深く被って王府の通用門を出る。お伴は侍衛《じえい》の何雨林《かうりん》とその同僚《どうりよう》。侍衛の制服ではなく私服をまとって、目立たない工夫《くふう》をする。でかけるたびに、男装して若様と用心棒風、古びた丈の短い旗服で下女と下男と、奥様とお付きの護衛、といった風に装《よそお》いを変えて、慶貝勒《ベイレ》府の女糕點《ガオディアンシー》師であることがばれないように心がけた。

寺社の壁や境内《けいだい》に飾られている彫像は圧巻で、同じ大きさのものを作ろうとしたら、お菓子といえど相当な重量になることが予測される。ガトーのようなスポンジ状のものではすぐに潰れてしまうだろう。中は空洞にして、芯《しん》となる筒はウェハースのようなもので積み重ねなくてはならないかもしれない。それでもちょっとした衝撃や、上に載せた装飾《そうしよく》で崩《くず》れてしまいそうだ。

マリーは頭を抱えた。

「どうだ、できそうか？」

この形でいこう、と思った龍像をスケッチした絵を、杏花庵で整理しているマリーのところへ、永璘が訪れて訊ねる。

「難しいです。東洋の龍って、長くてぐねぐねしているじゃないですか。細長いものを躍《やく》動《どう》的に造形するのって、重さのバランスが難しいのです。しかも蛇《へび》のようにとぐろを巻くわけではないので、外側から徐々に高さを盛っていって、真ん中にまっすぐ頭を据《す》えることはできません。芯は空洞にしないと自分の重さで潰れてしまうでしょうし。いままでの建造物は、モデルからして中は空洞というか、壁と屋根でできていたので、土台と柱さえしっかりしていれば、パズルを積み上げるように作れていたのですが、動物のように中身の詰まったもので、直線でないポーズを取らせたものは、どうしたら見栄《みば》え良く立たせることができるかも、思いつきません。いっそ全身を飴《あめ》にしてしまえば、硝子《ガラス》や宝石のような、しっかりした彫像ができるんじゃないかと思いますが。どれだけの砂糖が必要になるか……」

「潘廷璋《ばんていしょう》はどう言っている？」

永璘はマリーにとって絵の師である、パンシ神父の漢名を口にする。

「彫像は専門ではないので、的確な助言ができるかどうか難しいとはおっしゃっていましたが、まず、塑像《そぞう》作りのように、木の芯に藁《わら》を巻いて、外側だけを粘土《ねんど》の代わりに製菓材料で造形していく方法。あるいは木像や石像のように、ひとつの固形物から形を削り出す方法。それから鐘《かね》を鋳造《ちゅうぞう》するときのように、同じ鋳型《いがた》をふたつ作って、飴やショコラ、あるいは固めに練《ね》りあげた糖衣の生地《きじ》を流し込み、できあがったのをくっつけるか、いずれかになるだろうと。中を空洞にして重量を減らすには、鋳型を作るのが有効だろうとも、おっしゃってました。でも、像を彫るにしろ、型を彫るにしろ、なんだかもう、パティシエールの領分じゃなくなっている気がします」

苛立ちを隠さずに訴えるマリーを、永璘は「まあまあ」となだめた。

「まだ半年以上ある。明日にでもそれぞれの造形師と彫刻師を手配し、作業を見学してから、菓子と相性の良さそうな方法に決めてもいいだろう」

マリーは永璘の提案に乗った。


さすがに食品を扱う場所で、石の粉や木屑《きくず》を散乱させるわけにもいかないということで、使用されていない前院の西廂房《にしわきのや》を、彫刻師らの滞在と作業の場にあてる。

職人たちは豪邸に招かれたことはあっても、そこで仕事をさせられたことはない。慣れない場所の作業で、調度や内装を傷つけたり汚したりすることを怖《おそ》れて、及び腰であった。そこで漆《うるし》塗りや紫檀《したん》などの高価な家具は運び出し、床には古い絨毯《じゅうたん》を敷かせ、寝具もかれらが居心地が良いと思える程度に質素な物に取り換えさせて、ようやく作業が始まった。

造形を生業《なりわい》とする職人たちの作業を見学し終わるのに、ひと月半かかった。

マリーと小蓮はもちろん、飴細工職人も彫刻刀や鑿《のみ》を使って何かを作ったことなどない。飴の細工は熱いうちに伸ばして曲げては捻《ひね》ったり、篦《へら》や箸《はし》の先で突いたりして模様を描き込んだり、形を整える。

そして得た結論として、これまで培《つちか》ってきた技術とは、まったく違うことを要求される仕事には、なんとしても乗り気になれないということだった。

「お菓子の職人なんだから、お菓子作りで勝負しなくちゃだめよね」

何かしらの決断を込めた言葉に、甜心房《てんしんぼう》の一同はマリーへと視線を向ける。

「どうするの？」

小蓮が不安そうに訊ねる。

「ピエス・モンテはすべてお菓子で作るのが原則だけど、芯や土台はその限りではないの。だから、芯をどうするか、という点では塑像作りは参考になった。だけど、それ以外は全部、私がふだんからみんなのために作っている洋菓子で作り上げる！」

高らかに宣言したマリーに、小蓮たちはぼんやりとした視線と、パラパラと力のない拍《はく》手《しゅ》を送る。

「で、どうするの？」

小蓮は同じ質問を繰り返す。

マリーは腕を組んでにこりと微笑《ほほえ》んだ。

「去年から、お給料をもらうたびに少しずつブリキの焼き型を作らせてたのが、役に立ちそう。背中のイボにはカヌレ型を、胴の鱗《うろこ》には貝型のマドレーヌ。細かいところは木の葉の型。目玉は飴玉、ヒゲは金色の引き飴、角は棒パンの生地を枝角の形に成形して焼きます。胴体は平らに成形したフランスパン、そう、パン・ド・シャンパーニュとかを、いくつも重ねれば、ぐねぐね感を出せると思う。パンなら軽いし、芯に刺していくのも簡単」

一度閃《ひらめ》きだすと、どうしていままで思いつかなかったのか、というほど次々とアイデアが湧き出てくる。

マリーは外出の支度《したく》をして、侍衛の詰め所へと走る。

「雨林さん、います？」

「趙小姐《シャオジエ》！」

詰め所でのんびりと茶を飲んでいた若い侍衛が、驚いて立ち上がる。

「何《か》侍衛は今日は遅番です。あと四半刻（約三十分）ほどで出勤されると思いますが」

マリーは少し困った。だが、

「外出したいんですけど、護衛をお願いできる侍衛さんはいるかしら」

「おれ、もうすぐ上がるんで、そしたら同行できます！」

「勤務時間外なのに？　帰宅せずにまたこちらへ戻ってくることになりますよ」

「おれは住み込みですから。それに趙小姐の護衛だと言えば、手当が出ます」

「じゃあ、お願いします。えっと、馮《ふう》さんでしたっけ」

馮侍衛には、以前も護衛をしてもらったことがある。

マリーは甜心房へ引き返して、参考にしようと考えている龍像の細かい採寸に出ることを伝えた。

「部品の形を写し取って、幅とかの大きさも測って、それに応じた焼き型を作ってもらうの。そうしたら、あとは土台に貼り付けていくだけですむから」

「貼り付けるって、何で？」

「飴とかショコラとか、粘度を調整した糖衣とかね。それも乾いたらぽろっと取れることのないよう、実験していかないといけない」

マリーの勢いを、小蓮も飴細工職人もぼんやりと眺めている。いままではヌガーやビスキュイなどの菓子を建材に似せて作り、組み立てていたのだが、今回はお菓子の状態で空想上の獣を作ろうというのだから、想像がつかないのも無理はなかった。

巻き尺や定規《じょうぎ》、描画と数字を記録しておくための手帳と鉛筆を抱えて、マリーは意気揚々《ようよう》と街へでかけた。帰ったらすぐに杏花庵にこもって、下絵を描き始める。永璘さえも、作業中は中に入らないよう黄丹《こうたん》に伝えてもらい、マリーは下女部屋にも戻らず、下絵に没《ぼっ》頭《とう》する。

杏花庵にこもってしまったマリーに食事を運んでくれたのは小蓮で、水と火を灯《とも》し続けたのは黄丹であったが、それさえも、いつ誰が来ていたのか、マリーは気がついていなかった。空腹を覚えれば冷たくなったスープを飲み、脂《あぶら》の冷え固まった炒《いた》め物を食べ、乾いてもさもさした饅頭《マントウ》を口に入れる。

三日三晩をかけて一枚の絵を描き上げた。

「うふぅ～」といささか気味の悪い笑み交じりのため息をついて、マリーはそのまま炕《かん》に突っ伏して寝てしまった。

マリーが皇帝から菓子製作の勅命を受けて、杏花庵にこもりきりという噂で、王府内はもちきりであった。西園の奥では夜通し灯《あか》りが点《とも》されていることもあって、人々の興味をいっそうかき立ててしまっていた。誰が言い出したのか、マリーの献上菓子《けんじょうがし》に永璘の即位がかかっているとか、噂に尾鰭《おひれ》までついてささやかれる。結果、杏花庵をのぞき込もうという不埒者《ふらちもの》が後を絶《た》たず、永璘は侍衛を置いて、小蓮と黄丹以外は誰も杏花庵に近づけないようにした。

マリーがこうしたことを知ったのはかなり後になってからで、絵を描き上げた日の翌日には、焼き型の図と寸法を記した書類を永璘へと届けさせ、その日は杏花庵に小麦粉や牛乳、バターを運ばせて、自分が食べたいと思うお菓子を作った。

永璘が鈕祜祿《ニオフル》氏と阿紫《あじ》を連れて杏花庵を訪れ、マリーの描いた絵を見て驚き、作業台に並べられたタルトやパイ、ビスキュイを頬張る。

「これはまた、個性的な龍だな」

何枚もの紙を糊《のり》付けして壁を覆《おお》い、そこに実物大のお菓子の龍が描かれていた。彫刻などに見られる伝統的な龍とは言い難いが、元宵節《げんしょうせつ》の龍舞を思わせる躍動感があった。そして、どこかしら西洋のドラゴンの風味もあって、独特な印象を受ける。

永璘たちが杏花庵を去って、マリーと黄丹が片付けをしていると、小蓮が燕児《えんじ》や李《り》兄弟、陳大河《ちんたいが》など、夕食の提盒《おかもち》を抱えた仲の良い厨師たちを連れてきた。

「すごいもの作ってたって話だけど」

燕児が興味津々《しんしん》で杏花庵の奥をのぞき込む。

「これから作るの。その下絵が仕上がっただけ」

マリーは小蓮が盛り付ける料理を、もりもりと食べる。この三日間、まともに食べた記憶がなかった。小蓮が言うには、運んだ料理は完食というほどではなかったが、ちゃんと食べてはいたと聞いて、マリーは自分の記憶の曖昧《あいまい》さに首を捻った。

代わる代わる奥の部屋にマリーの絵を見に行った厨師らは、感嘆の声を上げ、マリーの腕を褒《ほ》めた。炕の上に積み上げられた菓子の絵に目を留めた陳大河は、料理の絵も描けるのかと訊ねる。

「そのうち描いてみたいな、とは思ってる。中華料理のレシピをフランスで出版することがあったら、絵があった方がいいだろうし」

菓子だけではなく、料理の分野まで手を出すなど、夢物語ではあるが、少しばかり本気のマリーだ。

「瑪麗《マリー》は多才だな」

李兄弟はマリーの才能を褒めるのもそこそこに、持ち寄った料理を分け合って食べ始めた。そのころには、同室の小杏と小葵も加わっている。

「ちょっと、ここで宴会をするつもり？」

マリーがあきれて厨師たちをたしなめたが、燕児らに笑いながら受け流された。

「慶貝勒《ベイレ》府のために、瑪麗がひとりでがんばっているんだからな、おれたちが自分の得意料理で慰労《いろう》と激励《げきれい》をするのは当然だろ？」

その得意料理は、厨師ではない同僚たちが先に食べ尽《つ》くす勢いであったが、マリーは燕児らの気遣いが嬉しくて、笑いながら「ありがとう」と礼を言う。

マリーが北京でがんばれるのは、一緒に働く仲間たちが支えてくれたお蔭《かげ》だ。今日の朝から勢いで焼いたお菓子も並べて、楽しいひとときを過ごした。

そして、片付けを終えた杏花庵の戸締まりは黄丹に任せて、マリーははしゃぎながら小蓮たちと下女長屋へ戻る。

そして、その翌日。

前代未聞《みもん》の騒動が起こってしまった。


マリーがしばらく留守《るす》にしていた洋式甜心房で、小蓮にクロワッサンの作り方を教えていたときのことだった。黄丹が真っ青な顔で甜心房に飛び込んできた。

「たたたた、大変です。趙小姐《シャオジエ》。龍の絵が、下絵がなくなっています！」

「ええっ⁉」

「どういうこと？」

マリーと小蓮は同時に叫ぶ。

舌をもつれさせる黄丹に白湯《さゆ》を飲ませ、落ち着かせてから話を聞き出す。

日が昇ってから、黄丹は杏花庵に水を運んだ。杏花庵の扉が少し開いていたのでおかしいと思い、用心して近づいてみると、錠《じょう》が打ち壊されていた。中は無人であったが、マリーの描いた下絵がなくなっていたのだ。

永璘は登庁しているため、黄丹はまっすぐに甜心房にやってきたという。マリーはその足で鈕祜祿《ニオフル》氏に報告に行くように黄丹に言い、自分は小蓮とともに杏花庵へ向かう。途中で厨房を通ったことから、燕児も事態を知ることになり、まだ盗人《ぬすっと》が近くにいては危ないと、男たちもついてきた。

杏花庵の中は荒らされた気配はなく、壁に貼られた絵だけが消えていた。壁に糊付けされた部分は無理に引き剝《は》がしたらしく、紙の跡が残っている。

「これは、露骨《ろこつ》な妨害《ぼうがい》だな」

燕児が険しい顔で断言した。

そこへ侍衛らが駆けつける。最後に鈕祜祿氏が侍女らに支えられてやってきた。

「この王府内で盗難など！」

鈕祜祿氏はマリーがこれまで見たこともないほど狼狽《ろうばい》していた。

使用人が大勢集まっている手前、取り乱すわけにはいかないとしても、自分が家政を采《さい》配《はい》する王府で、このように大胆な犯行が行われたことに怒りは覚えるだろう。そして盗まれたものが、王府の行く末を左右するものであるのならばなおさらだ。

鈕祜祿氏はすぐに冷静さを取り戻し、侍衛たちにすべての門を閉じるように命じた。黄丹に杏花庵の扉を閉じた時間を訊ねる。

「執事と門番に、昨夜から今朝にかけて外出した者の名を調べさせなさい。そして、使用人は一人残らず自室に戻り、次の指示があるまで部屋から出てはなりません。通いの者は、前院の東廂房《ひがしわきのや》に集めさせなさい。持ち場を離れられない者は、その場から離れてはなりません」

美しく装った小柄な婦人とは思えないほど、鈕祜祿《ニオフル》氏はてきぱきと指示を出す。

「すべての部屋を捜索しなさい。住居だけでなく、使われていない建物や部屋も、庭の四阿《あずまや》も、巻いたり畳《たた》んだりした物を隠せるような場所はすべてです」

それからはっとしたように、別の指示を出す。

「焼却場も確認しなさい。燃えかす一切れおろそかにしてはなりません」

そして何雨林に、使用人をひとりひとり当たって尋問《じんもん》するように命じる。

青ざめ下唇を噛《か》んで、呆然と成り行きを見守るマリーの腕に、小蓮が手をかけた。

三日かけて不眠不休で描き上げた自分の絵が、ずいぶんな騒ぎを引き起こしてしまったことにマリーは怯えていた。無意識に隣の小蓮の手を引き寄せ、握りしめる。

「だいじょうぶ、きっと見つかるから」

小蓮の慰《なぐさ》めにはっと我に返り、白くなるほど握りしめてしまっていた友人の手を見下ろして慌てて謝る。

「ごめん、痛かった?」

小蓮は首を横に振った。

「いまの瑪麗《マリー》の胸ほどには痛くないよ。ひどいことする。うちの使用人じゃないよね。外から忍び込んできた賊《ぞく》のしたことだよね」

小蓮のつぶやきは、半ば涙声《なか》になっていた。昨日の絵を見たときの感動と、みなで過ごした時間が楽しかったことがいっそう、つらい気持ちに拍車をかける。

犯人捜しは鈕祜祿《ニオフル》氏と侍衛たちに任せて、マリーたちも自室に戻ることになった。

騒動を聞いて部屋に引き揚げてきた小杏と小葵が、何事かとマリーに訊ね、小蓮が詳しい成り行きを説明した。

「ひどい」「ひどいね」と小杏たちはマリーを慰め、昨夕から今朝にかけて王府を離れた人間、あるいは入り込んだ人間がいたかと記憶を辿《たど》り始める。

マリーたちが不安な気持ちに耐《た》えるうちに時間が過ぎ、下女部屋にも侍衛たちが捜索と取り調べにやってきた。

「趙小姐の部屋ではありますが、灯台もと暗しと、寝静まっている間に盗人に仕込まれた可能性もありますので、念のために調べさせてもらいます」

いつもなら親しく話しもする顔見知りの侍衛たちが、険しい顔で女たちの布団をひっくり返し、引き出しを開け、部屋の隅から隅まで調べて回る。

小杏たちの昨夜の行動も取り調べて立ち去るまでが、あまりに非現実的で、マリーは悪い夢でも見ているような心持ちであった。

やがて永璘が帰宅し、ことの顚末《てんまつ》を聞きつけてマリーを正房《おもや》に呼び出した。

「厄介《やっかい》なことになったな。もう一度、同じ絵が描けるか」

マリーは力なく首を横に振った。

「やってはみますけど、同じ絵が描けるかどうかはわかりません。描いていたときは、なんだかすごく夢中で、終わったら抜け殻《がら》みたいになっていました」

マリーはそれ以上は言えなくて、涙がこぼれそうになった。

「誰が、こんなことを。どうして盗む必要があったのでしょうか」

「くだらない噂を信じた愚か者が、工芸菓子の製作を妨害しているのだろう。姑息《こそく》な真似《まね》をする」

永璘は怒りを隠さず、拳《こぶし》で卓を叩く。そこへ鈕祜祿《ニオフル》氏がやってきて、王府内の捜査がおおかた終わったことを伝えた。

「今朝早く、住み込みで勤めて二年になるという庭師が外出したまま、帰っていないそうです。昨日は勤めで、今日は来ていない者たちとも連絡は取れました。怪しいのはその者だけのようです」

「侍衛をやって、そやつの実家を徹底的に調べさせろ」

永璘でもこのような声を出すのだと、マリーが震え上がるほどの厳しさだった。永璘が居間を行ったり来たりする間も事態は進展せず、マリーは下女部屋に戻された。

翌朝もう一度呼び出しがかかり、マリーは正房へと上がる。永璘は登庁しないつもりか、すでに夜が明けているのに官服に着替えず、日常着の姿であった。

「行方《ゆくえ》知れずの庭師だが、実家として届けられていた住所には赤の他人が住んでいた。これがもし、妨害目的の窃盗《せっとう》ならば、犯人はすでに我らの手の届かないところにいることだろう。引き続き調べさせるが、絵は私がなんとかする。マリーにとっては難しいだろうが、工芸菓子作りに尽力《じんりょく》してくれ」

マリーには「かしこまりました」以外の返事はなく、アイデアを詰め込んだ下絵なしで、手伝ってくれる小蓮や飴細工職人とイメージを共有する手段もなく、製作を始めなくてはならなかった。

身元の不確かな者は勤めることのできない王府に、実家の曖昧な庭師を入り込ませることができるのは誰だろう。

永璘や鈕祜祿《ニオフル》氏が信頼している筋から紹介され、雇用したのであろうから、それ以上の追及は難航しているらしい。

永璘が絵も犯人も出てこないだろうと考えていることも、妨害以上の陰謀が王府の外では繰り広げられているのかと不安になる。金に困ったのならば、他に盗む物はたくさんあるというのに、庭師がいままで真面目に勤めてきた理由が、いつか慶貝勒《ベイレ》府を危機に陥《おとしい》れるためだったのかと考えると、周囲の人間が誰も信じられなくなりそうだ。

自室に戻って小蓮に事情を話せば、小蓮は気丈にも硬い笑顔を見せる。

「犯人が外から忍び込んできた盗賊や、昔からの使用人でなくてよかったよ。だいじょうぶ、私、瑪麗《マリー》の描いた龍がどんなだったか覚えているから。一回しか見てないけど、はっきりと思い出せるから」

マリーは初めての大作が盗まれたことで、精神的な打撃を受けたが、たかが下絵ではないかと思い直した。一生に一度の名画を奪われたわけではない。大事なのはイメージと寸法であって、まったく同じものを描く必要はないのだ。窃盗を働いた者は、これで工芸菓子作りが頓挫《とんざ》するだろうと喜んでいるかもしれないが、そんなことで異国でパティシエ修業を四年も続けてきたマリーを、止められはしないのだ。

パティシエールと、王妃の訃報

マリーは杏花庵に戻って、下絵を描き直す準備を始めた。盗まれた絵を描いていたときは、イメージのあふれるままに夢中になって描いたが、今回は簡単な全体像に寸法だけを書き加えていくことにした。もともとそのためだけに必要な下絵だったのだ。それを描き込んでいくうちに面白くなり、気合いを入れすぎてしまったために、王府じゅうに評判が広まるようなことになってしまった。

永璘の失脚を狙う者に、足をすくう機会を与えてしまったのだ。

マリーは糊を作って紙を広げ、貼り合わせてゆく。前より四分の一の大きさにした。

鉛筆を削《けず》って炕《かん》の上に座り、まぶたの裏に残る龍の姿を思い描く。それからゆっくりと線を引き始めた。

描き終えた龍の姿は、記憶にあるものとは違うが、気にする必要はない。工芸菓子として蘇《よみがえ》らせればいいのだ。大事なのは絵の出来ではなく、小蓮や飴細工職人と共有できるように、正確な寸法が書き込まれているかどうかなのだから。

一連の作業を終えたら、あっという間に夕食の時間になっていた。ここ何日かは甜心房の通常業務は小蓮と飴細工職人に任せっぱなしだ。

小蓮はいくつかの基本的なレシピを覚えていたので、ビスキュイやドラジェなど、作る端からなくなっていく菓子は任せている。

飴細工職人は最近ではパン職人と呼ぶべきではというほど、棒パンや円いブールなどのフランスパンを一定の品質で上手に焼けるようになっていた。皮のしっかりした噛み応えのあるフランスパンは、ふわふわの饅頭や花捲《ホアジュアン》を好む清国人の口には合わないのではと思っていたマリーだが、焼きたての固くなる前の状態で薄くスライスして供されるのであれば、問題はないようであった。

甜心房に顔を出したが、きれいに片付けられて誰もおらず、マリーは下女部屋へ戻ってすでに夕食をはじめていた小杏たちに加わる。

小杏に事件の進展を訊ねられ、知っていることだけを話す。

「それで、絵がないと龍のお菓子は作れないものなの？」

小葵が気遣わしげに訊く。

「作れるけど、寸法を出して部品の大きさや数をそろえる計算をやり直すのに、時間がかかるかな。全体像がはっきりしている方が、それを見ながら進められるし。動物の工芸菓子が初めてだから、やり方も手探りで、もっと効率のいい方法があるのかもしれないけど。王《おう》厨師なんて、何も見ないで白鳥や虎をお皿の上に作り出していくんだから」

マリーは最後に嘆息を付け加えて白飯を口に運ぶ。小蓮がふん、と鼻を鳴らして皮肉っぽく笑った。

「大きさが違うよ。私だって、一口大の兎《うさぎ》なら、米粉を捏《こ》ねて作れちゃうよ。弟妹たちのためにいつも作っていたもの」

さすがに皇帝が口にする宮廷甜心と小蓮の弟妹のおやつを比べては、とマリーは思ったが、天敵の王厨師を積極的に擁護《ようご》する気分にはならない。

「ね、まさか王厨師が盗人を手引きしたってこと、ないよね」

小杏の突飛な考えに、マリーは箸を止めた。

「いや、まさか――」

「だって、王厨師って、瑪麗《マリー》の後に入ってきたじゃない？　それで瑪麗を追い出そうとずいぶんがんばったでしょう。瑪麗を老爺《ラオイエ》のおそばに置いておきたくない誰かが、送り込んだ間諜《かんちょう》みたいなものじゃないかしら」

マリーは箸を持った右手の甲で、かいてもいない額《ひたい》の汗を拭《ふ》く。

王厨師はマリーを嫌っていることを隠しもしないし、嫌がらせや意地悪や無視もたくさんしてくる。だが、いつだって正攻法で正面からマリーを叩いてくるのだ。こんな風に、他の人間を使って犯罪じみた――いや、立派な犯罪だ――やり方は、王厨師には似合わないような気がする。

「実は、王厨師が真っ先に疑われたのよ」

小蓮がマリーも知らなかったことを話し出す。

「それも、高《こう》厨師が王厨師を問い詰めたんだって。李二が教えてくれた」

「でも、盗難のあった日は、王厨師は王府から一歩も出なかったんでしょ」とマリー。

「杏花庵から絵を盗んだ人間と、王府から持ち出した人間が同一人物である必要はないでしょ」と小蓮。

「でも、夜中に杏花庵に忍び込むなら、庭を知り尽《つ》くした庭師の単独の犯行でいいのじゃないかな。使用人長屋だと目立つけど、西園なら夜明けまで隠しておく場所にも事欠かないだろうし」とマリー。

「ずいぶんと王厨師を庇《かば》うのね」と小杏。

「そういうつもりはないけど、絵を盗むっていうのは、なんだか王厨師らしくない」

「そういえば、そうね」と小蓮。

真犯人解明の推理は、そこで終了となった。

翌日の通常業務を終えたマリーが杏花庵へ行くと、そこには永璘が待ち構えていた。

ひどくご機嫌《きげん》である。下絵が見つかったのだろうかと思いつつ、マリーは膝を折って拝礼した。

「立ちなさい」

「老爺《ラオイエ》、嬉しそうでいらっしゃいますけど、事件が解決したんですか」

永璘は微笑みつつ首を振った。

「いや、だが、マリーにとっては解決も同然ではないかな」

そう誇らしげに言った永璘は、背中に回していた手を前に出した。その手には筒状に巻かれた紙がある。差し出されるままに受け取ったマリーは、紙をくるくると開いていった。

「これ！　老爺が？」

マリーは広げた紙に描かれた墨絵の龍と、永璘を交互に見比べた。すっかり広げて見ると、盗まれた下絵とほとんど変わらないポーズと寸法の龍がそこにいた。

「老爺がごらんになったの、一度だけですよね。どうやったらこんなに正確に再現できるんですか」

最近はあまり絵を描かなくなったか、あるいは描いていてもマリーに見せることがないだけなのか、久しぶりに永璘の絵を目にしたマリーは、その巧《たく》みさに舌を巻く思いだ。しかも一日で描き上げたことになる。

この才気と敏速さと記憶力を、どうして学問と政治に活《い》かせなかったのか。

「ありがとうございます」

言葉が喉《のど》に詰まりそうになって、マリーは急いで礼を言った。

「この絵は洋式甜心房だけの秘密にしますね」

「それがいい」

マリーの称賛に満ちた瞳と言葉が期待通りだったのか、永璘は大きく欠伸《あくび》をすると、さらににこにこと機嫌を良くして杏花庵から出て行く。もしかしたら、一日ではなく、一昼夜はかけたかもしれない。そういえば、目の下には隈《くま》ができていた。

それから、マリーは歩み去る永璘の背に向けて、いっそう深く膝を折って拝礼した。

マリーは龍の絵を模写することを思いついて、三枚ほど書き写した。これで万が一また盗まれたとしても、二枚も予備があるのだから製作には差し支《つか》えがない。

そして自分が模写した一枚に、寸法や使う予定の菓子の名前を書き込んでいく。

それができあがったときには、部屋は薄暗くなっており、また一日が終わっていた。日が暮れるのが早くなったな、とマリーは思った。

季節はいつの間にか秋へと移り変わり、行事は中秋《ちゅうしゅう》と、また厨房が殺伐《さつばつ》とするほど忙しくなる。マリーも自分のことだけにかまけてはいられないし、小蓮の手も借り出されてしまうかもしれない。

「急がなくちゃ」

最初の試作品ができあがったのはクリスマス間近のころだ。

貝型のマドレーヌだけで、千個は焼いたのではないだろうか。

そして、届けられたばかりの新しい型で焼き上げた濃い茶色のカヌレは、龍の背筋に沿って二列に並んでいる。棒状のプティ・パンを変形させて焼いたのは、二叉《ふたまた》に分かれた一対の角。

龍の細長い頭はガトーでもヌガーでもなく、楕円《だえん》のパン・ド・カンパーニュを横半分に切って糖衣で覆ってある。

永璘が西洋的と評したのは、龍を支える土台だ。

焼き上がりの色が灰土色になるソバ粉のパンを積み上げ、正面に洞窟《どうくつ》ができるよう岩山を作り、洞窟からは大量のドラジェや、金色になるまで煮詰めて練りあげた飴粒があふれ出している。

西洋のドラゴンは、宝の山を抱え込んで守っているというイメージが強い。マリーは、ちょっとした趣向《しゅこう》として、東洋の龍の細長い体を支える土台に、宝石や金塊《きんかい》を秘蔵した宝の山を選んだのだ。

雲を従えて天空を舞い踊《おど》るのが東洋の龍であるから、このように財宝に執着《しゅうちゃく》し、地を這《は》う龍は皇帝の好みには合わないかもしれない。だから、宝の山は水墨画によく描かれているような、天を突く塔を思わせる柱状の岩山に造形した。これなら空を見上げて、今にも飛び立とうとしているようにも見える。

嵌《は》め込まれた目は、それこそ本当の黄金を熔《と》かして作ったような金色の飴で、これは飴細工職人の絶妙な火加減と練り加減の賜《たまもの》であった。

工芸菓子と銘《めい》打っておきながら、実は頭から胴体、四肢《しし》にいたるまで本体はすべてパンであった。芯に木材や藁束を使うことは、パティシエールの矜持《きょうじ》が許さなかったし、空洞では周囲に貼り付ける菓子の重みで潰れてしまうかもしれない。そこで、マリーは時間が経つと外皮が固くなり、中は気泡で軽くなるフランスのパンを使うことにしたのだ。

特に強度の必要な胴体は、五年前の航海時に、散々作る羽目になった水分の乏《とぼ》しい固いパン・ブリエを、円く平たく押しつぶして何十枚も焼き上げた。それを、バタークリームと飴で繋げて、胴の柔軟性を表現した。長い航海の間ももつように、長く捏《こ》ねては叩いて練りあげ、しっかりと生地の締まったパン・ブリエは、何百枚という小さなマドレーヌやリーフパイを貼り付けられても、びくともしない。

龍の髭《ひげ》は、何重にも引き伸ばされては畳まれて、糸よりも細くなった繊細な白い飴、その名も文字通り『龍の髭飴』の束を顎《あご》に沿って垂らしていけば、風にそよぐさまが本物の髭に見える。鼻の横から生えている二対の長い髭は、金色の引き飴だ。これは少し太めに伸ばして巻きを入れ、波のような形に固定してある。

仕上げに薄い緑に色づけされた水飴を垂らして、鱗《うろこ》の艶《つや》感を出した。

マドレーヌに水飴の衣というのは、マリーの好みではないが、個々の部品が動かないようにするには、そうするほうがいい、との飴細工職人の意見であった。

見た目もその方がいいのは確かだ。

　四肢も鉤爪も、そのまま使えるようにパンやビスキュイを生地の段階から成形してあるので、あとは着色した糖衣を塗りつけるだけだ。マドレーヌもリーフパイも貼れない細い四肢の部分には、焼く前に細かい切れ目《クープ》を入れる。切れ目は焼き上がるときに立ち上がり、先端の鋭さが本物の鱗のようだ。そして真っ白な飴で鋭い鉤爪を作り、折れ曲がったプティ・パンの先に差し込んでできあがりだ。

　永璘一家の前でのお披露目《ひろめ》は好評だった。阿紫《あじ》は目を輝かせて龍と宝の山の周りをぐるぐると回り、一歳と三ヶ月の嫡男は、ただただ呆然とパンと菓子の芸術を見上げている。

「その、豪快……ですわね」と鈕祜祿《ニオフル》氏。

「いいのではないか」

　永璘は満足そうに言った。

「従来の龍の印象とは異なるから、皇上のお気に召すかどうかはわからないが、清国の誰も見たことがない造形だ。それにしても、これまでの工芸菓子とはまったく違う方向性で攻めてきたのだな。いままでのは菓子には見えない精巧さであったが、今回のはどこから見ても食べ物でできていることがわかる。それでいて、造形の表現するところも明白だ」

　鈕祜祿氏と阿紫の称賛と、永璘の承認を得て、マリーは本番のピエス・モンテ製作に取りかかる。ほとんどがパンで構成された工芸菓子を、ピエス・モンテと呼んでよければ、ではあるが。

忙しくしているうちに、マリーが北京《ペキン》に来て五回目の新しい年が明けた。パンシ神父が心配していることだろう。皇帝から無理難題を押しつけられて、外出もままならないことは伝えてあったから、信仰心の欠如《けつじょ》を疑われることはないだろうけども。

年が明けて、乾隆帝に献上するピエス・モンテが完成し、少し時間ができたので、次の主日ミサには、フランスの新年に食べるガレット・デ・ロワを作って持って行くことにした。

久しぶりに晴れ着をまとって髪を結《ゆ》い、簪《かんざし》を挿して化粧《けしょう》を整える。身だしなみをよそ行きに整えて装うと、いつもの髪はひっつめ、地味な作業用の旗服を着て、汗だくになって走り回っている自分と比べ、鏡の中のマリーは別人のように品が良い。うぬぼれかもしれないが、自分もまんざらではないような気がしてくる。

何雨林は春節の休みでいなかったので、顔なじみになった馮侍衛と北堂へ向かう。

この一年、龍の像を見て回る以外、マリーはほとんど外出をしなかったためか、西洋人の糕點師《ガオディアンシー》を抱え込みたい親王たちからの攻勢は止んでいた。一番しつこい豫《よ》親王も、長いこと顔を見ていない。慶貝勒《ベイレ》府にはたびたび訪れてはいるようだが、正門と正房《おもや》の間のみ豫親王を往復させるよう、永璘が目を光らせているらしい。

マリーが礼拝堂に足を踏み入れたとき、北堂は新年であるにもかかわらず重苦しい空気に満ちていた。

そのときマリーの心をよぎったのは、聖職者の大半が高齢者であること、そしてパンシ神父もまた、そろそろ還暦《かんれき》を迎えることであった。

神父たちの誰かが、アミヨーの後を追うように鬼籍に入ることは、驚くことではない。それがパンシではありませんように、とマリーは一瞬だが思ったのだ。

が、それも杞憂《きゆう》だった。礼拝堂の奥にいた人影はパンシその人であったからだ。

マリーはいそいそと駆け寄って、新年の挨拶《あいさつ》を述べようとした。しかし、マリーを見るパンシの表情に浮かんだ何かが、マリーの喉を塞《ふさ》いだ。

「神父さま。どうか、なさいましたか。御加減でも？」

「マリー。そのようすでは、まだ何も知らないのだね」

パンシは眉《まゆ》を寄せて唇を歪《ゆが》め、その表情を隠そうとでもするように、右手で顔の上半分を覆った。

「主よ。この報《しら》せをマリーに告げるのは、私でなくてはならないのでしょうか」

しかし、マリーにはパンシの言ったことは理解できなかった。パンシの母語であるイタリア語であったからだ。

思わず吐き出してしまった弱音ですら、年若い女性の信者には聞かせたくなかったのだろう。

「パンシ神父さま。フランスで、何かあったのですか」

去年の報せでは、国王が処刑され、フランスはヨーロッパの周辺国を相手取っての戦争に突入したということであった。

どちらも祖国の現実と未来に絶望しか見えない報せと、それに重なるアミヨーの死に、マリーはこの一年のあいだ北堂に背を向け、王妃の無事を祈るほかはフランスのことをあまり考えようとしなかった。王府での仕事が忙しすぎたというのもあった。だが、それがマリーの苦しみを紛《まぎ》らわしてくれたとしたら、乾隆帝の気まぐれな勅命も、マリーを立ち直らせてくれたことになる。

西暦一七九三年のフランスは敗戦と経済の混乱で混迷を極めていたが、その情報はまだ海の上を東へと進んでいる。パンシがこれからマリーに話さねばならない報せは、一年以上も前の悲報だ。

深呼吸ののちに、パンシは口を開いた。

「フランス王妃の魂《たましい》はいま、国王の魂と共にある。マリー・アントワネット王妃の魂が平安を得るよう祈っていきなさい」

一気に話し終えたパンシは、マリーの肩を押して礼拝堂の椅子に腰を下ろさせた。

マリーは呆然とするあまり、操り人形のようにパンシに押され導かれるままに足を運び、椅子に腰かけた。

パンシの言葉は、マリーの耳元でわだかまる。ロザリオを巻いた両手を合わせ、マリアとキリストの聖なる像を見上げたものの、祈りの言葉は出てこない。

どうしたことだろう。すっかり暗記して何度も唱《とな》えてきた祈りの言葉が、どうしても思い出せないのだ。

帰る祖国に家族もなく、国王と王妃がいないのならば、神もまたこの世にいないのと同じではないか。

何もかも失い、何もかもなくなっていく。

祈りなんて無意味だ。

いつだって祈ってきたではないか。

母の病気が治りますように。

みんなで楽しく暮らせますように。

ジャンと幸せな家庭を築けますように。

一人前のパティシエールになって、父とジャンとの店が持てますように。

いつか祖国に帰れますように。

王さまと王妃さまがご無事でありますように。

王国がふたたび栄えて、フランスに神の栄光がありますように。

それから、それから——

マリーが徒弟としても駆け出しだったころ、若手のパティシエを対象とした王室主催の菓子コンクールで、賞をもらったときの光景が脳裏《のうり》に蘇《よみがえ》る。コンクールの主旨《しゅし》や応募資格について理解していなかったマリーであったが、敬愛する王妃も審査に加わると聞いて、父を説《と》き伏せて応募した。

結果は優秀賞だった。授賞の場では、マリーがまだ少女のパティシエール見習いと知った王妃が驚き、近くに招き寄せて直々に声をかけてくれた。そして、その指に嵌《は》めていたルビーの指輪を外し、副賞としてマリーに授けただけではなく、女の身で職人の道を目指す少女に、称賛と励ましの言葉を賜《たまわ》ったのだ。

――一人前のパティシエールになった暁《あかつき》には、ヴェルサイユに来てわたくしの子どもたちにもお菓子を作って――

マリーは、頬に冷たい空気を感じて、そっと指先で触れてみた。いつの間にか、両方の眦《まなじり》から涙が流れて頬を伝っていたのだ。自分が涙を流していることに気づいたマリーは、突然吐き気にも似た嗚咽《おえつ》が止まらなくなった。

その当時のマリー・アントワネットは、浪費家として国家の財政を傾けているという批判を浴び、また同時に外国人貴族との醜聞も噂されていて評判を落としていた。

かのコンクールもまた、第三市民の職人たちを励ます意図があったのかもしれない。だが、主食のパンが保証されない食糧事情にあって、菓子の品評会もないであろうとの批判を招いただけであったようだ。

だがそんなことはマリーには関係がなかった。

十四歳にして異国の宮廷に王太子妃として嫁《とつ》ぎ、十九歳で王妃としての重責を背負《せお》わされたひとりの女性に、異国で育たねばならなかった移民の母と自分を重ね見ていたマリーは、どこまでもマリー・アントワネットの味方であり、支持者であった。

マリーは懐に手を入れ、王妃から賜った指輪を容《い》れた守り袋をぎゅっと握りしめる。

「王妃さま、王妃さま、王妃さま」

無意識に迸《ほとばし》った叫びに、涙もあふれだす。

祈ることなどできなかった。泣き叫ぶことしかできなかった。

もうマリーには帰りたいフランスがないのだ。祖国はもう、存在しないのだ。フランスという国は同じ場所にあるのに、それはもうマリーが生まれ育った祖国ではなくなってしまったのだ。

国王と王妃を処刑して、ヨーロッパじゅうの国と戦争をするようなフランスは、きっとまもなく滅びてしまうだろう。かつてローマ帝国が支配していたヨーロッパに、フランスなんて国など存在しなかったように、大陸から消し去られてしまうのだろう。

マリーは、そのあとどうやって慶貝勒《ベイレ》府まで帰ったのかも覚えていない。ガレット・デ・ロワは持っていなかったから、ちゃんと北堂に置いてきたのだろう。

帰って来るなり、床に臥して食事も摂《と》ろうとしないマリーを、同室の小杏たちが心配する。泣きすぎて声が嗄《か》れてしまっていたことから、風邪《かぜ》を引いたのではと判断した小蓮が、生姜湯《しょうが》をもらいに厨房へ走った。生姜湯を作ってくれたのは李三で、話を聞いた燕児がすでに慶貝勒府の定番になっていたコティニャックの在庫から二つほど出して持たせてくれた。

泣き腫らした顔と呆然自失の状態で北堂を出てから、ひと言も口を利かないマリーの話が馮侍衛から伝わったのか、鈕祜祿《ニオフル》氏の侍女がようすを見にきた。見舞いに生姜飴と蜂蜜《はちみつ》が下された。

自分が大事にされていることはわかる。それでもマリーはつらくて悲しかった。

ここも自分の居場所だけど、父母の思い出はここにはない。生まれ育った風景は、パリの街角でいっしょに育った友人たちとの記憶は、この国のどこにも存在しないのだ。

二つの記憶に引き裂かれてしまって、自分がふたりいるようだ。

どちらも本当の自分ではないようで、それでいて、どちらも自分の半分でしかない。

「ごめんなさい」

みんなの心配と気遣いに応えることができず、マリーは生姜湯をふた口飲んで、ふたたび横たわった。そして目を閉じる。これが悪夢で、目が覚めたら昨日と同じ今日が続いていますように、と祈りながら。

しかし、一夜明けても沈んだ気持ちは変わらない。何も知らなかった昨日の朝に、ふたたび戻ることはないのだ。

マリーはむっくりと起き上がって、小蓮に今日は甜心房は休みにすると伝え、腫《は》れて浮腫《む》《く》んだ顔を冷たい水で洗った。

甜心房へ行って、焼き型の棚からクグロフの型を取りだした。

マリーがフランスから持ち出すことのできた焼き型はマドレーヌだけであった。

甜心房を任されてからは、どんな種類の洋菓子も作れるよう、丸形や方形の焼き型だけではなく、カヌレや貝型、クグロフなどの型をそろえることにした。とはいえ貝型はともかく、幾筋もの溝《みぞ》を打たせたカヌレ型や、波形の模様を打たせたパイ皿にタルト皿、中央に穴を開け、溝にねじれを持たせたクグロフの型については、職人に口頭で説明をするのも難しく、立体的な絵で表現できるようになるまで叶《かな》わなかった。

　そうして手に入れた焼き型で作ったカヌレは、卵黄を多く使っているために断面が濃い黄色であることと、内側のしっとりした食感、そして天辺から見たさまが清国人の好きな菊の花に似ていたこともあり、とても好評だった。鈕祜祿《ニオフル》氏はカヌレを黄菊奶油蛋糕《ホアンジューナイヨウダンガオ》と名付けて、重陽節にはたくさん作るように命じられた。

　ただ、初めて食べる者が外皮の固さを敬遠しないように、ひとつひとつ切れ目を入れておかなくてはならなかったので、その点では手間がかかった。

　一方、クグロフの型が届いたのは、龍のピエス・モンテ作りも終盤であったから、まだ使う機会はなかった。

「王妃さまのお好きだったオーストリアのお菓子。嫁いだ異国で故郷の味を懐かしんで作らせていたら、フランスにも広まったというクグロフ」

　キリスト教には、死者のために家庭に祭壇を置いたり、故人の好物や季節の果物を添えて供養《くよう》する習慣はない。置いたとしても、キリストやマリア像と十字架に花を供《そな》えるくらいだ。

しかし、長い幽閉生活ののちに処刑されたマリー・アントワネットには、革命のあとはクグロフを食べる機会などなかったであろう。憧れの王妃のために好物であったという菓子を焼いて供えたいと思ってしまうなんて、自分もずいぶんと清国人の感覚に近づいてしまったようだと、マリーは我知らず苦笑してしまう。

マリーは窯《かま》に火を入れ、小麦粉と卵、バターと砂糖を用意し、アーモンドを水に浸《ひた》した。

酵母を練り込んだ生地を発酵させてしっかりと捏ね上げ、型に入れてさらに膨らませてからオーブンで焼くクグロフは、ガトー（ケーキ）というよりもパンに近い。ラム漬けや蜜漬けの干果を加えたり、仕上げに粉砂糖をふりかけたりするのが一般的だが、クリームやショコラで表面を覆えば、祝いの菓子にもなる。また、甘さを控えめにすれば、ハムやオムレツとともに、朝食にもなる。

敬愛する王妃がどのようなクグロフを好んでいたのか、マリーには知る術《すべ》もない。

この日は父のレシピ通りに、基本の材料だけをあわせて捏ね上げる。クグロフ型の底の深いくぼみに水気を取ったアーモンドを並べ、一次発酵を終えて休ませた生地を詰めて、二次発酵。

生地が膨らむのを待つ間、賄《まかな》い厨房へ行って朝食をもらい、休憩《きゅうけい》に入るところであった燕児らといっしょに食べた。

「今日は何を作っているんだ」

燕児は興味津々で訊ねてくる。賄い厨房と甜心房は隣り合わせなので、甘い香りが流れてくるのが拷問《ごうもん》だと、李三はにやにやしながら不平を言う。

「まだ焼く前から文句を言われても困るよ。今日は新しい焼き型が届いたから、試作しているの。何年ぶりかに挑戦するレシピだし、作り慣れたお菓子でもなかったから、上手にできるかどうかわからない」

マリーはふだんと同じように苦笑を返す。

「試作品の失敗作でも火さえ通っていれば、みんな喜んで食べますよ」

と、仕事中の厨師がマリーたちに話しかけてゆく。龍の工芸菓子を作っていたときに、試作品の処分に何度も付き合ってくれた厨師たちだ。

いつの間にか、慶貝勒府《ベイレ》の厨師たちはマリーを異分子として扱わなくなっていた。

朝食を終えて甜心房に戻ると、生地はいい具合に膨れ上がって、クグロフ型の縁から盛り上がっていた。オーブンに入れて砂時計をひっくり返し、焼き上がりを待つ間に今日の天気とクグロフを作った材料の分量と手順、気がついたことなどを書き付けていく。やがて、バターと卵が砂糖と融合して焼き上がる、甘く香ばしい匂いが甜心房を満たす。

焼き上がったクグロフの上から全体的に粉砂糖をふって、真っ白な冠雪をいただく小山のように仕上げた。

蠟燭《ろうそく》を立ててから、故人に供える花がないことに思い至る。しかし、薔薇も百合《ゆり》も季節外れで用意できないため、赤と白のマジパンで花を作り、クグロフの周りに飾った。

マリー個人の宝物である薔薇模様のティーカップに紅茶を淹れ、胸の隠しポケットからロザリオを取り出して握りしめた。ゆっくりと繰《く》りながら、北堂では悲嘆のあまり捧げることのできなかった追悼《ついとう》の祈りを、あらためて捧げる。

そうして蠟燭の火が消えるまで祈り続けて、ようやくマリーの胸の痛みは和《やわ》らいだ。

クグロフを切り分けたマリーは、これからはクグロフを作るたびに、王妃の冥福《めいふく》を祈るのだろうな、と思いつつ二枚の大皿と一枚の小皿に盛る。

一皿は賄い厨房の燕児と李三に、もう一皿は点心局の高厨師と李二に試食してもらうためだ。李二はマリーに続いて厨師助手に昇格しているので、点心局には新しい徒弟が入っていた。マリーよりも若い徒弟は、女糕《ガオ》點師《デイアンシー》にも洋菓子にも偏見がない。むしろバターの風味が濃厚な、牛乳やクリームをたっぷり使った洋菓子を、それはそれは喜んで食べてくれるのだ。小皿に分けたのは小蓮の試食用だ。突然の休日を喜んだ小蓮は、甜心房の作り置きの菓子を分けてもらい、実家を訪ねると言って外出していた。

パティシエールと、親王の罠《わな》

クグロフやマカロンなど、王妃が好んだとされる菓子を作ることで、マリーはフランス王妃の死を受け容《い》れていった。それでも、冬の間はマリーが笑い顔を見せることは少なく、去年のアミヨーの死と国王の横死を知ったときの陰鬱《いんうつ》さが蘇ったと、周囲に思わせたほどだ。

マリー自身、ふとしたことでぼんやりとすることも多く、皇帝に献上したピエス・モンテの評価すら、どうでもよかった。

慶貝勒《ベイレ》府は安泰の日常を送っているようすから、悪い方向にはならなかったようだ。

いつまで経っても、乾隆帝から永璘に言葉がなかったので、慶貝勒府の一同はかなりやきもきしていたというのだが、それすら眼中になかったのだ。

春の黄砂が北京の上空を舞い始めたころ、マリーに銀十両が褒美《ほうび》として下された。永璘がかれの養母であり、乾隆帝の最年長の妃でもある穎《えい》妃に探りをいれたところ、初めて龍の工芸菓子を目にしたときの乾隆帝はむっつりとした反応で、どうやら気に入らなかったらしい。作り直させるべきか思案していたところへ、穎妃が預かることを願い出て後宮に置かせているうちに、太監や女官たちが面白がって見にくることが増えたという。そこでもう一度ピエス・モンテを見に行った乾隆帝は、毎日見にくるようになったとか。

清国の人々にとって、龍とは神聖なものとして畏れ敬《うやま》い、崇《あが》める存在である。マリーの作った龍は愛嬌《あいきょう》がありすぎて、乾隆帝の嗜好《しこう》には合わなかった。だが、若い女官や太監には、春節や元宵節、慶事の折に振る舞われる龍舞に親しんできたのもあり、お菓子でできた宝の山と龍の工芸菓子は、好意的に受け取られたという。

自分が好ましく思えない物でも、大勢の人間が良いと言って集まり出すと、不思議とよく見えてしまうものらしいと、穎妃《えい》は笑いながら語ったという。

二ヶ月も放置していたのなら、もう食べることはできないだろう。フランスには冷害と戦争でパンを食べられない人がいっぱいいるのに。

と、マリーは十個の銀塊《ぎんかい》を眺めつつ思った。

銀は小蓮と飴細工職人にひとつずつ分け与え、ひとつは銀票《ぎんぴょう》に両替して同僚たちに酒食を振る舞った。残りはいつか独立して店を持つための資金に貯金しておこう。

——いや——

レシピ本を作って、出版したい。

マリーは七つの銀塊を前にして、その思いが頭にこびりついて離れなくなってしまった。

永璘は製本だけではなく出版の方向で話を進めてくれているが、マリーはフランス語版の出版費用まで負担をかけることに引け目を感じていた。

漢語の翻訳版は、添削《てんさく》と校正が必要な上に、一ページずつ版木を作ってもらわなくてはならない。だが、フランス語版であれば、教堂に活版印刷の設備があるので、予算は漢語版ほどにはかからないはずだ。それを北堂のフランス人司祭に頼んで、フランス人の権威あるパティシエに送り届けてもらうことができるだろうか。そういえば、イギリス国王の全権大使を務めたマッカートニー伯爵《はくしゃく》はどうしているだろう。その小姓《こしょう》であったトーマス少年は、フランスと中華のお菓子のレシピ本に興味を持ってくれるだろうか。

出版の誘惑にとりつかれてしまったマリーは、そのことを考えるたびに、自分で自分の頰を叩いて正気に戻ろうとした。

一冊製本するだけでも大変なお金がかかるのに、どうして永璘と慶貝勒府《ベイレ》のみんなのためにお菓子を作るだけで満足せず、地道に将来のために貯金ができないのか。

論理立てて理由づけることができるほど、マリーは成熟していなかったし、自分自身についてもよくわかっていなかった。

よく、「自分を見失う」などというが、はじめから自分のことが客観的に見えている人間などいるのだろうか。

もしも、マリーの先輩パティシエであった婚約者のジャンが話を聞いてくれたら、こう答えてくれたかもしれない。

『自分が作ったお菓子を食べてもらうだけでも、至福の喜びではあるけどね。でも、それだけでは満足できなくなるときもある。もっと、自分の作る物を知って欲しい、あるいは、パティシエとしての自分を世間に知ってもらいたい。埋《う》もれたくない――』

マリーは自分が自己顕示《けんじ》欲の強い、傲慢《ごうまん》な人間であるとは、思いたくなかった。いろいろと迷いはあるのだが、レシピをまとめて書き改める作業はやめられない。父の遺産でもあるし、自分自身の軌跡である。

そしてようやくフランス語版をまとめ終えた。アミヨーの墓前に報告したいと思ったが、外国人は許可なく北京の外へ出ることは禁じられている。特に、泥棒騒ぎがあった上に、犯人が見つからなかったことを思うと、遠出は控えた方がいい。

いろいろ考えた末、やはり誰かに見て欲しくて、マリーは次の主日に原稿の束を持ってパンシ神父と会った。

「おお、ようやくできあがったのかね。皇上からたびたび難しい仕事を命じられて、絵を学ぶ時間もとれなかったろうに、よくがんばった」

いつもは厳粛《げんしゅく》な空気を崩さないパンシが、原稿の束をひと目見て嬉しそうに微笑み、コツコツと続けてきたマリーの努力を褒めてくれた。

「絵も、ずいぶんと上達したね。絵を見ているだけで、どの菓子かわかるし、なにより美味《おい》しそうで作ってみたくなる」

「パンシ神父さまも、お菓子作りをされるのですか」

「ぶどうの絞りかすを種にして、パンを焼いたことはある」

パンシの意外な一面にマリーは驚き、そして常々考えていたことを素直に相談したくなった。

「製本したいんですが、自分で版木を作る時間も技術もなくて。印刷するのに、いくらお金が必要なんでしょう」

「文字の数が膨大な漢語と違って、欧州言語はアルファベットの活版印刷が使えるから、フランス語版ならばそれほど費用はかからない。挿絵は職人に彫ってもらわなくてはならないが、人物画や風景画ほど複雑ではないし、白黒ならばそれほどかからないだろう。ただ、枚数が多いから、零版《ぜろ》は予算に応じて挿絵を減らしてみればいい。こうして絵と文字のページを左右に分けているのは賢いね」

パンシはまるで自分が出版するかのように、乗り気であれこれと提案してくる。

「私のように未熟な、それも女がレシピ本を出すなんて、鼻で笑われるかと思っていました。褒めていただいただけでなく、いろいろな助言もすごく助かります。嬉しいです」

パンシは必要以上に謙遜《けんそん》するマリーを不思議そうに見たものの、すぐに理解した。

「フランスでは、高価な書籍を購入して、著作者や印刷屋を潤《うるお》してくれる貴族はいなくなってしまったようだが、資本階級《ブルジョア》が台頭しているので需要《じゅよう》についての心配はいらないだろうね。それに、家庭では女性が家族の食事を用意し、菓子を作る。挿絵入りで簡潔な文章で材料と作り方が書かれていれば、購入層は一般の庶民家庭にまで広がるかもしれない」

パンシはいったん口を閉じ、すぐ戻ると言って席を立った。少ししてから戻ってきたパンシは、いくつかの冊子を手にしていた。

「これは日本といって、黄海《こうかい》の東にある島国の手習い書だ。ごらん」

マリーが広げて見ると、どうやら昆虫《こんちゅう》図鑑のようであった。それぞれのページに一単語、一文章、そして単語に対応するらしい昆虫の挿絵が載っていた。なんという贅沢《ぜいたく》な紙の使い方だろうと、マリーは心底驚いた。たまたま開いたページの左側には、一目でトンボとわかる彩色された挿絵の横に、漢字で「蜻蛉」とその右側に見慣れぬミミズのような線の連なりが並んでいる。

「この国では、中華から受け容れた漢字と、自らの言語に合わせて作られた二種類の表音文字の、それぞれ四十八文字を使って文章を綴《つづ》っている。このグネグネした線がそうだ。アルファベットの筆記体のようだろう？　従って、膨大な文字を印刷するには活版による植字は不向きで、清国と同じように木版印刷が主流だ。だが、そのために挿絵を単語や文章に添えて印刷することが当たり前で、このように多様な染料を使って刷《す》る技術が発達している。これはね、子ども用の手習い書なのだよ」

子ども用の絵本など、少年少女向けの聖書の抄本《しょうほん》か、ペロー童話集しか知らないマリーだ。しかも、こんなにカラフルではなかったと記憶している。

「こうやって小さなときから、少しずつ絵と合わせて覚えていけば、読み書きも自然にできるようになるんでしょうね」

フランス語も漢語も、十代になってから必要に迫られて必死で覚えたマリーは、こんな手習い書があったら学ぶこともっと楽しかっただろうと、ここからさらに東の異国に育つ子どもたちがうらやましくなった。

「フランスに限らず、ヨーロッパの識字率《しきじりつ》は東洋の君主国に比べると低いが、女性のマリーが書いて挿絵を添えたレシピ本は、主婦に喜ばれるのではないかな」

お菓子の本も、こうして一ページにひとつの挿絵を載せていけたら、どんなに楽しいだろうと夢ばかりがふくらむ。

「とりあえず、文章の部分だけの写本をもう一冊作りなさい。複製をうちに預けてくれたら、こちらで組版を作らせよう」

いきなりながらも大変嬉しい申し出だが、マリーは気がかりな点がある。

「あの、どれくらいかかるんでしょう」

予算については一度訊ねているのだが、聖職者はお金の話はあまりしたがらないので困る。

パンシはページを数えて、それから一ページあたりの文字数も数えた。

「一冊分の組版で、銀一両くらいだろうか」

思ったより安上がりなので、マリーはむしろ驚いた。パンシは片目をつぶっていたずらっぽく笑ってみせる。

「教堂内の活版設備を使うのだから、我々の勝手で値段をつけられる。そもそも聖書を複製、印刷するための設備ではあるがね」

気難しいパンシが、このような表情をすると想像したこともなかったマリーは、ひどく驚いた。ふだんは厳粛に振る舞っていても、やはり根はイタリア人なのだな、と妙な感心をする。

「挿絵の版木にいくらかかるかわからないから、こちらの負担は実費以上は気にしなくていい。うまく支援者がついて、マリーの本をフランス語圏の国々で売れるようになったら、北堂への寄付を頼むよ」

聖職者でありながら、先物買い的な商売も上手《うま》い。やはりイタリア人だなと、マリーはますます感心した。

これまで見ることのなかったパンシの気安い態度は、故国の凶報続きで心労の尽きないマリーを気遣ってのことであったのかもしれないが。

その後も、こまごまとした相談に乗ってもらい、マリーは一般フランス語読者向けの書籍としてレシピ集を編《あ》むことに前向きになっていった。

マリーは言われたとおり、すぐに複製版を作って北堂へ届けた。その後はふたたび工芸菓子の準備だ。

パンでできた龍のピエス・モンテを献上したからといって、円明園四十八景のノルマがなくなったわけではない。去年作りかけていた二景の設計図を引っ張り出して、そちらにも取りかかる。

パティシエールになるためではない仕事ばかりしている気がするが、これもきっと必要な迂回路《うかい》なのではないかと思う。望まないのに、やらねばならない仕事、本業でもないのに心惹《ひ》かれて手をつけずにはいられない挑戦。

でも、それはそれで悪くない。その過程で意外なことを学べるし、成長していくこともできる。

マリーと永璘が、必死に気を張って成し遂《と》げた龍のピエス・モンテに対する皇帝の反応は、今ひとつはっきりせず、製作中にばらまかれた帝位争いに関するでたらめな噂も、すぐに消えてしまった。一番ほっとしているのは永璘だろう。

あっという間に、ふたたび初夏がやってきて、今年こそ無理難題を押しつけられませんように、と念じつつ、マリーは日々精勤する。

その年の永璘は、乾隆帝に従って熱河《ねっか》の避暑山荘へ出向いていた。このときは家族を全員連れて行き、当然ながら膳房の厨師も大勢付き従った。マリーと小蓮も一行に含まれ、三度目の塞外《さいがい》の夏を過ごす。

鈕祜祿《ニオフル》氏と二歳になる若様も、阿紫《あじ》もいるので、マリーは内心でうきうきしていた。子どもがいるだけで、どうしてこんなに遠出が楽しいのだろう。マリーは子どもの世話やしつけをするわけではなく、しかもお菓子給仕係なので子どもたちからは大変好かれている。役得にもほどがあるわよと、弟妹の子守で少女時代を消費させられた小蓮に釘を刺される。

北京よりは涼しく、人の少ない熱河での夏は、マリーにとっては最高であった。

大きなオーブンが使えないのは不便だが、家族の分だけ作ればいいので、それほど気にはならない。

マリーがいつも通り、厨房でその日の菓子を作っていると、宦官《かんがん》や女官の悲鳴と、どやどやと大人数の足音が聞こえてきた。なんだろうと思っていると、鈕祜祿氏に仕えている太監が、マリーを呼びにきた。マリーは手を洗い、顔の小麦粉を拭きとって、鈕祜祿氏の御殿に上がった。そこには見慣れない侍衛が待っていた。マリーの身柄の引き渡しを求めているという。官帽の頂珠《ちょうしゅ》を見れば、位の高さが推測できる。皇帝直属の侍衛と思われた。

鈕祜祿《ニオフル》氏は気丈にも、マリーを連れて行くのなら、自分も同伴すると主張していた。

「マリー、正装なさい。これから皇上のもとへ参ります」

急なことにおどおどしているマリーを侍女が取り囲んで、厨房用の服を脱《ぬ》がせ、長袍《チャンパオ》を着せ、髪を結い直し、髪飾りをつけて、化粧を整える。

「さあ、参りましょう」

いつかのピエス・モンテにお褒めの言葉をいただけるのだろうかと、マリーは一瞬思ったが、鈕祜祿氏の固く引き結ばれた口と怒らせた目、侍女たちの間の張り詰めた空気が、そうではないことを語っている。そして皇帝のお召しならば太監か永璘が直接呼び出しにくるはずなのに、帯剣した無愛想な侍衛を寄越すのは不自然だ。

鈕祜祿氏は侍女と乳母に、息子の世話をくれぐれと頼んで、皇宮から派遣されてきた侍衛にずらりと囲まれた馬車に乗り込んだ。マリーもあとに続く。

馬車の中でふたりきりになったマリーは、おそるおそる訊ねた。

「何事ですか。あの、私、またなにかやらかしましたか」

「あなたはなにも悪いことはしていません。堂々としていなさい。ただ、わたくしたちが以前から懼《おそ》れていたことが起きつつあるようね」

きっぱりそう言っただけで、鈕祜祿氏はその先の事情を説明してくれない。

冷静そうに見える鈕祜祿氏ではあったが、よく見れば顔が青白い。袖の奥に見える手はぎゅっと握りしめられ、ぐっと引き結んだ唇は頬を噛んでいる。いずれも激しい感情に耐えているときの仕草だ。

下絵盗難事件のときは、鈕祜祿《ニオフル》氏のきびきびとした態度と指導力にマリーは驚かされた。それまで発揮する必要のなかった鈕祜祿氏の、王府の女あるじとしての機転と威厳を目にして、マリーはいっそう崇敬の念を強くした。

やがて、マリーと鈕祜祿氏は避暑山荘の皇居へと連れて行かれ、通常であれば朝議の開かれる玉座の間に引き出された。そこには永璘と永琰《えいえん》、永瑆《えいせい》の三人の皇子のみがいた。なんだか嫌な雰囲気が漂い、永璘は鈕祜祿氏までついてきたことに、驚きを隠せず目を見開いて自分の妻を見つめている。

マリーは広間の中央にひっぱりだされて、そこで跪《ひざまず》くように言われた。鈕祜祿氏はマリーの斜《なな》め後《うし》ろに同じように膝をついた。

定型通りの拝礼をするのは、鈕祜祿氏だ。マリーはそれを真似て口を動かし、顔を伏せたまま拝礼をする。

乾隆帝は喉からゴロゴロとしたしわぶきの音をたてて、鈕祜祿氏に話しかけた。

「紅蘭まで来る必要はなかったのだがな」

「お答え申し上げます。皇上のお使わしになった侍衛が、当家の使用人を御前に呼び出す理由を話しませんでしたので、瑪麗《マリー》の主人としては、ひとりで送り出すわけには参りませんでした」

「ひとりではない。主人の同伴が必要ならば、ここに永璘もいる」

名指しされた永璘の頰は、心なしか引きつり、歯を食いしばるあまり、ときおりぴくぴくとしている。事なかれ主義の温厚な永璘がここまで緊張しているのだから、なにか重大な案件がマリーの身に起きているのだろう。本人にはまったく知らされないまま。

「瑪麗《マリー》はわたくしにとっては妹も同然。しかし、生まれ育ちの違いから、宮中における立ち居振る舞いが適当でないところもあり、男の目では行き届かないところも監督が必要かと考えて、同伴いたしました」

乾隆帝は「ふん」と鼻を鳴らしたきり、宦官に上奏文のひとつを渡して読み上げるように命じた。

その内容は、慶貝勒《ベイレ》永璘が邸内に満族旗人のキリスト教徒を雇っていると弾劾《だんがい》するものであった。

慶貝勒府に勤めているキリスト教徒はマリーしかいないので、当然マリーのことを攻撃する上奏文である。キリスト教徒であることを公言するマリーを永璘が雇い入れたのは、皇帝の許可を取ってのことであるから、罪に問われることではない。だが、清国の法律では、北京に住む旗人、特に満洲族がキリスト教に入信することは固く禁じられている。露見すれば必ず棄教《ききよう》を強いられ、拒否すれば財産を没収され幽閉ののち獄死、運が良くても二度と帰京を許されない遠流の刑を受ける。

「釈明は？」

乾隆帝は短く問う。マリーは顎を上げて玉座を見つめて応える。

「私がキリスト教徒であることは、はじめからお伝えしてあったことです。雇用のお話を受けたときに立てた誓い、清国人に信仰の話をしないこと、布教に手を貸さないことは、固く守ってきました。罪に問われる覚えはありません。そして、私が満族旗人であるとの訴えは、まったくの事実無根であります」

　皇帝はこくりこくりと皺《しわ》だらけの顎を上下させた。

「それが、そなたが満族旗人の子孫であると訴《うった》える者がおってな。そなたは母が清国人であったな。母方の先祖の本貫《ほんがん》を知っているか」

「知りません。祖父母も母も、私には何も言い残しませんでした」

「母の名前は？」

「私と同じ、マリーです」

「それは本名ではなかろう。清国で生まれた者であれば、漢名か帰属する民族の名を持っているはずだ」

「教えられませんでした」

　マリーは毅然《きぜん》として淀《よど》みなく答えていく。

「それはおかしい。そなたの祖父母は母をなんと呼んでいた？」

「祖父母は両親の結婚に反対していたので、私が幼いころはほとんど交流がありませんでした。そして母は早く亡くなりましたので、祖父母が母を漢名で呼ぶのを聞いたことがありません」

「それでは、ともに欧州に移住した清国人からはなんと呼ばれていたのだ」

「私にはパリに移住した清国人の知人はおりません。先ほども申し上げたように、フランス人を夫に選んだことで、母は移民区の人々との交流を断ったといいます。私が物心ついたときには、周りはフランス人ばかりでした」

実際には、祖父母と母はフランスに落ち着くなり、清国人移民のコミュニティから離れて、必要以上のかかわりを持たなかったと聞いてはいるが、そこまで話す必要はない。

「ということは、そなたの祖父母が満族ではないという証拠もなければ、趙という姓がまことにそなたのものだという証明もできないのだな」

マリーは自分が何者であるのか、証明できるものを何一つ持たない。もしフランスの洗礼証明書を取り寄せることができたとしても、母方の出自を明らかにできるものは何もないのだ。フランスは移民に対しては出生地主義を取っていたので、フランスで生まれ育ち、フランス語を話し、カトリックを信仰する者はフランス人であると認められていた。だからといって移民に対する差別がないということではないが、マリーは世界じゅうのどこにいても、フランスの市民権を持つフランス人なのだ。

「陛下《へいか》のおっしゃることは正しいです。私には私自身の由来を証明できるものが、何一つありません。だから満族の子孫だろうと言われたら、そうかもしれないし、そうでないかもしれないとしか、お答えできないのです」

我ながら隙のない答えと、落ち着いた応答ができていることに、だんだんと肩の力が抜けてきた。

「永琿」

乾隆帝が、突然質問の矛先《ほこさき》を変えた。成親王永瑆は畏まって父帝に拝する。

「北京に着いた趙瑪麗《マリー》と、最初に言葉を交わした皇族がそなたであったと記憶しているが、正しいか」

永琿が前に出て「是」と応える。乾隆帝は十一番目の息子に、初めてマリーに会った印象を訊ねた。

「趙瑪麗は、北京官話を流暢《りゅうちょう》に話しておりました。南方の漢語の訛《なま》りは、まったくありませんでした」

永璘が肩を揺らして、思わず一歩前に出そうになる。事実、つま先が半歩は出て、官服の裾《すそ》が動いたところで、隣にいた同母兄の永琰に袖を摑《つか》まれて動きを封じられていた。

乾隆帝は息子たちの間に起きたさざ波には気づかぬふりで、マリーを問い詰める。

「報告では江南《こうなん》の趙姓であるという話だが、そなたはどこで漢語を覚えたのか。親から受け継ぐ訛りは生涯《しょうがい》消えないと聞いているが、癖《くせ》のない北京官話を話すには、親が北京の内城育ちでなければありえん」

マリーは息を整えて、回答を一度口の中でおさらいした。このことについては、もうずいぶんと前に永璘と鈕祜祿《ニオフル》氏との間で話し合いがすんでいる。

「家庭内では、母は漢語を話しませんでした。慶貝勒《ベイレ》殿下とお会いしたときの私は、清国の言葉は南の漢語も北の北京官話もまったく聞き取れませんでしたし、話せませんでした」

「ほう。では、どうやって永璘の要求を叶《かな》えることができたのだ？　あちらでは通訳のようなこともやっていたそうだが」

「家に母の形見《かたみ》の仏漢辞書があったので、はじめのころはほぼ筆談でした。殿下が辞書にある漢語を指して、私が対応するフランス語を読んで、というふうにです」

かなり苦しい説明ではないかと思う。その当時随行《ずいこう》していた面々を尋問《じんもん》すれば、簡単にばれる嘘《うそ》だ。

そのように思ってマリーが冷や汗をかいていると、乾隆帝が証人を呼ぶように命じる。

呼ばれて控えの間から現れたのは、永璘の公私の秘書を務める鄭凛華《ていりんか》だ。鄭は科挙を通って官吏となった公僕であり、仕えるあるじは永璘ではなく皇帝である。

そして鄭凛華は、永璘を除けばマリーがパリから一番親しくしてきた人物であった。当時から片言の漢語を操り、永璘や鄭の北京官話を聞き分けていたことを知っている。

柔和《にゅうわ》な性格の鄭は、マリーに対しては常に親切で、北京の生活に馴染《なじ》めるよう協力的であった。いまさらマリーの出生について、告発するだろうか。

御前に進み出て膝をつく鄭凛華に、皇帝が訊ねる。

「鄭書童よ、パリでそなたらの世話をしていたという瑪麗《マリー》が、まったく漢語を知らなかったというのは、真実か」

鄭凛華は恭《うやうや》しく拝礼してから口を開いた。

「ご下問にお答えします。マリーが漢語をどれだけ知っていたか、知らなかったか、聞き取れていたのかは、私にはわかりませんでした。とんちんかんなやりとりは頻繁《ひんぱん》にありましたし、常に筆談で確認しなければ行き違いが起こりました。ただ、教えた言葉はすぐに覚えて使おうとするので、学ぶ意欲のある、非常に耳と勘のいい娘だと思いました。また、すでにいくつかの漢字を知っていたわけを訊ねたところ、漢詩の詩集が家にあり、暇《ひま》なときは辞書と突き合わせて意味を調べていたそうです。発音は教える者がいなかったので、私や殿下が教えると喜んで覚えました」

「詩集とな？　誰の詩集か」

マリーは祖父の遺した詩集の作者名まで覚えていない。その詩集もアパルトマンが燃えたときに、いっしょに灰となってしまった。考えあぐねるマリーを見て、鄭凛華が口を開いた。

「私はその詩集を目にしたので、マリーに代わってお答えします。唐詩を集めた薄い冊子でした。李白《りはく》などがあったように記憶しています。とても古い冊子で、墨による書き込みがありました。それに、これは何かと見せられたもうひとつの冊子が、非常に使い込んだものだと見られる古い千字文の写本でした。それらの冊子がマリーの祖父から受け継いだものだとしたら、母方は読書人の家庭だったのかと推測したのを覚えています」

どこまでも当たり障《さわ》りのない、誰の不利にもならない証言であった。マリーが祖父の所有であった詩集をときどき開いては、漢字を眺めていたのは事実で、鄭凛華に見せて読み方や意味を訊ねたのも事実だった。そして、マリーの祖父が教養のある読書人であったとしたら、出身の地方がどこであれ、一度は科挙を目指して北京に滞在していた可能性はある。

マリーの漢語に、フランス語以外の訛りを特定できない理由にはなるだろう。

「ふむ。下がってよい」

鄭凛華は証言を終えると、後ずさりして広間を辞した。

皇帝に対する忠誠を貫いて、マリーがはじめからかなりの漢語を理解していたことを証言することもできたのに、鄭はそうしなかった。その思惑がどこにあるにしろ、一生返しきれない恩を負《お》ってしまった。

「永琰、そなたはどう思う？　一年やそこらで、そこまで異国の言葉を流暢に覚えるものだろうか」

いきなり名指しされた十五番目の皇子は、その恰幅《かっぷく》の良い巨体を揺らして父帝に拝した。

「ご下問にお答えします。非才な私では、一年で異国の言葉を習得できるとは思えませんが、翰林院《かんりんいん》に配属される状元《じょうげん》らの逸材《いつざい》は、それまで満洲語に触れたことのない漢人でも一年で使いこなせるようになると聞きます。永璘や鄭書童が、一年に近い旅の間に北京官話以外の言葉を使わせずに、丁寧《ていねい》に教え込んだのならば、かような小娘にも可能であったかもしれません」

さきほどから一度も発言を許されない永璘の表情が、少し明るくなった。同母の兄がマリーにとって有利になる意見を述べてくれたのが、嬉しかったらしい。反対に、永琰の方は不服げな顔つきをしている。もともと狷介《けんかい》な表情しか見せない人物なので、単に無関心なのか、あるいは無表情なだけかもしれない。

「では、瑪麗《マリー》の顔立ちについてどう思うか。上奏文には、江南の趙氏にしては、趙瑪麗の外見にいささか北方民の痕跡《こんせき》を残しているという指摘がある」

誰に問いかけたのか、誰も名指しされなかったので、誰もが答えるのをためらった。ただ、最後に答えを求められたのが永琰だったので、永琰はその巨体を父帝に向けて恭しく応える。

「趙姓がもともと河北《かほく》を源《みなもと》としておりますし、北方漢族の中原から江南への広がり方は、姓名や顔立ちの特徴だけでは、もはや断定できるものではありません」

乾隆帝はまたカクカクと首を揺らし、永琰の意見に理を認める仕草を見せた。

「うむ。実に曖昧《あいまい》な論拠ばかりを並べた上奏文だとは思わぬか。趙瑪麗が己の出自を知って清国に舞い戻り、信仰を棄《す》てずに朕《ちん》の顎の下で悠々と暮らしているとしたら、許されることではない。だが、大清帝国においては遵守《じゅんしゅ》すべき法がある。このように状況と伝聞、推測を並べて他者を訴えるというのは、誣告《ぶこく》以外の何ものでもないと朕は思う」

老《お》いてなお断固とした皇帝の口調に、マリーは安堵《あんど》の息を漏らしそうになった。しかし、乾隆帝は次のように続ける。

「だが、このような論拠の弱い上奏を真に受けてそなたらを召喚《しょうかん》、審理の場を設《もう》けるほど朕は暇ではない。証人をこれへ」

マリーの出自を疑われる要素はすでに出尽くしたはずだ。まだ何かあるのかと、マリーはびくびくとした。マリーの斜め後ろで、ただ黙って場を見守っている鈕祜祿《ニオフル》氏の気配が、緊張するのが伝わってくる。永璘の表情も硬い。永琰は無表情で、永瑆は片方の口角が、微《かす》かに上がっている。

太監に付き添われて現れたのは、まったく面識のない六十前後の女であった。マリーの母親世代にしては年を取り過ぎ、祖母の世代とするには若く思われる。

その女は、マリーの顔を見るなり、両目に涙を浮かべて膝を折り、這《は》うようにしてマリーの裾にとりついた。

「ああ、ホンシイお嬢さまにそっくり！　わたくしがお乳を差し上げてお育てしたホンシイお嬢さまの面影《おもかげ》が、そのままです」

見知らぬ女が口にしたのが、母の漢名であったことに動揺し、マリーは恐怖と気持ち悪さで反射的に後ずさった。

アミヨー神父に、決して満洲族の血を引いていることを明かしてはいけないと、念を押されたことを肝《きも》に銘じながら、マリーは狼狽《ろうばい》を表に出さないよう必死に表情を保った。

母の子が、キリスト教徒として清国に舞い戻ったことがわかれば、その一族すべてに災《さい》厄《やく》が降りかかるという。マリー自身にとっては縁もゆかりもない人々ではあったが、母と祖先を共有し、日々を平和に暮らしている人々を巻き込むことは絶対にしたくない。

それより、この女はなぜ、必要のないところに火を熾《おこ》し、煙を立てようとするのか。平地に乱を起こそうとするのか。

マリーの足下の床が、ぐねぐねと実体のないものに感じられ、流砂に呑み込まれていくような恐怖を覚える。後ずさるマリーを追って、その裾に額をこすりつけようとする女を避けて、マリーは演技でなく怯えた眼差《まなざ》しで鈕祜祿《ニオフル》氏の背後に回った。

「お下がり！」

空気を裂く剃刀《かみそり》のように鋭利な叱咤《しった》が、女の動きを止めた。鈕祜祿氏が腕を上げてマリーをその背に庇い、冷たい怒りに燃えた瞳が床に這いつくばる女をにらみつけている。

「陛下の御前で見苦しい振る舞い、到底許されるものではない。それに、ただ顔が似ているというだけで、縁故関係も確認できていない他人を、主人の娘呼ばわりして触れようとするなど、非礼の度が過ぎる。なにより、涙を流して再会を求めるほどかつての主人を敬っているなら、このような場で証人に立つなどありえない！　陛下」

鈕祜祿氏はきっと顎を上げて、乾隆帝を見つめた。

「これはなんの茶番ですか。この女の身元は確かなのですか」

女は急に顔色を変えて立ち上がった。衣裳は卑《いや》しくなく、両把頭もきちんと結い上げられ、化粧も整っている。特に生活に困っているようすもないのに、なんの関係もないマリーを陥れようとする意図がつかめず、余計に気持ち悪かった。

「茶番ではない。その女は李孝雲《りこううん》という名で、四十年前に使用人の夫婦に誘拐《ゆうかい》されて、以来消息の途絶えた葉赫那拉鴻熙《イエヘナラホンシイ》の乳母だ。その使用人は趙姓ではなく、耶蘇《やそ》教の信徒であったという記録もないが、李孝雲は鴻熙がさらわれた責任を取らされて、ひどい罰を受けたという」

「敬して申し上げます、陛下。その李孝雲とやらの証言はどれほど信用できるものでしょうか。どうして二十歳のおとなである瑪麗《マリー》と、乳飲み子の時にさらわれた葉赫那拉鴻熙《イエヘナラホンシイ》の面影がそっくりであると、断言できるというのでしょうか」

「紅蘭の言い分も、もっともであるな」

悪夢がいつまで続くのか、マリーは堪えがたくなって思わず叫んだ。

「この大都市に昔いた誰かの顔に、たまたま似ているというだけで、どうしてこんなことになるんですか。私はマリー・趙です！　マリー・フランシーヌ・趙・ブランシュです！　他の誰でもありません！」

「瑪麗！　落ち着きなさい」

鈕祜祿《ニオフル》氏の鋭い叱咤に、マリーの背筋がピンと伸びた。

マリーはこれまで、人形のように小柄な鈕祜祿氏の、温和で優しい面しか知らなかった。このように威厳と迫力を使い分けることのできる女性だとは、想像もしていなかった。ひと言も意見を求められず、それゆえにただ棒のように突っ立っているだけの永璘とは、度胸といい存在感といい、雲泥《うんでい》の差だ。

和孝公主といい、この国はもしかしたら、女性の方が強いのかもしれない。

乾隆帝は疲れたようすで少し咳《せ》き込み、喉が渇《かわ》いたので審議を先延ばしにすると告げて、一同に解散を命じた。

永琰と永璘が連れだってマリーと鈕祜祿《ニオフル》氏に近寄り、退出するように促す。永璘が腹立たしげに異母兄の永瑆の表情を盗み見たのを、マリーは視界の隅に捉えた。

第三話

慶貝勒府の受難

西暦一七九四～五年　乾隆五九年～嘉慶元年　初夏～冬
北京内城／熱河

王府のパティシエールと、出生疑惑

「だから、さっさとその娘を法国《フランス》に送り返せと言ったのだ！」

避暑山荘における第十七皇子の邸宅《ていたく》、玉耀院《ぎょくよういん》の応接室で唾《つば》を飛ばし、気炎を上げているのは、その同母兄の永琰《えいえん》皇子である。

その日の政務が終わり、帰宅しようとした永琰は、父帝にかの審問の場に同席するように命じられた。弟の王府に対する寝耳に水の告発に、なんの予備知識もなかった永琰は、慎重《しんちょう》に口を閉ざし、開く必要があるときはさらに注意深く言葉を選んだ。

「しかし十五阿哥《あか》、身寄りのない女を信用のならない船に放り込んで、あとは知らない、というわけにはいかないでしょう。何度もいったように、マリーは私の命の恩人なのですから。せめて法国の革命やら戦争が落ち着いて、マリーの生活の目処《めど》が立つようになるまでは、慶貝勒《ベイレ》府から追い出すわけにはいきません」

審問の場では、マリーのあるじでありながら、ひと言も発言を許されなかった永璘《えいりん》が、ここぞとばかりに言い返す。

「たかが厨師《ちゅうし》ひとりのために、自分の地位と王府を棄《す》てる気か？」

永琰の剣のようなひと言に、永璘はぐう、と息を呑《の》んで押し黙った。

兄弟の言い合いの場に、鈕祜祿《ニオフル》氏とともに同席を許されていたマリーは、いたたまれない。意見などできる立場ではないし、まして永璘とその家族、百人を超える使用人たちに迷惑をかけるわけにもいかない。

永璘が何も言えなくなったところへ、鈕祜祿氏が身を乗り出した。

「それでも、恩人を見捨てることは、人道に反することと考え、わたくしと貝勒殿下は瑪《マ》麗《リー》の面倒を見ていくことに決めたのです」

凛《りん》としたたたずまいでそう告《つ》げる鈕祜祿氏には、永琰も弟に対する剣幕で詰《なじ》ることはできないもようだ。

「あの、李《り》孝雲《こううん》とやら、いったい何者でしょう。本当に葉赫那拉《イエヘナラ》氏に仕えていたのでしょうか。葉赫那拉といっても大変な数の家がありますが。鴻熙《ホンシイ》の親ではなく、乳母が瑪麗の素性《すじょう》をどうこう訴えるのも、筋の通らない話ですし、葉赫那拉氏の誰かの娘がさらわれたという訴えが、四十年前にあったかどうかというところから、皇上はお調べを始めるべきだったのではありませんか」

満洲族は本来、姓を持たない。属していた氏族名をそのまま姓として名乗っているために、同じ姓を持っていたとしても数百の血統と数千の家庭があり、その身分も大臣から奴《ぬ》僕《ぼく》まで格差は広い。たまたま街角で行き合った同姓同士であろうと、血縁関係や親族関係はほぼ他人同然である確率の方が高い。

紅蘭《こうらん》と和孝《わこう》公主の舅《しゅうと》、軍機大臣の和珅《ヘシエン》は同じ鈕祜祿《ニオフル》姓ではあるが、実家の身分差は天地ほどもあり、系譜をかなり遡《さかのぼ》っても親族とは言い難《がた》い関係性であった。

「趙瑪麗《ちょうマリー》」

永琰は唐突にマリーの名を呼び、にらみつけた。

「あの女の話に心当たりはあるのか。そなたは葉赫那拉《イエヘナラ》氏の係累であるという」

マリーは唾を呑み込んだ。即座に否定するべきであったが、根が正直なため、とっさに嘘《うそ》がつけない。だが、真実を知っているのは自分とすでにこの世にいないアミヨー神父だけだ。マリーの出自など、フランスの清《しん》国人コミュニティに行かなくては、誰にも証明できないのだから。

「ありません。本当に、私は自分の姓が趙であること以外は、何も教えられていないのです。母も、同じだったと思います。清国に関することは、料理の他にはまったく話題にならなかったですし、母や祖父母に訊いても知らない、わからない、という返事がほとんどでした」

永琰は袖から手巾《ハンカチ》を出して福々しい顎《あご》の汗を拭《ふ》いてから、考え深げにかぶりを振った。

「そこからして不自然であるな。故郷を捨てる者たちが、過去の血縁やしがらみを断ち切るのは珍《めずら》しくはないが、我が子に何も話さないというのも極端である。とくに漢人は同郷意識が強い。赤の他人でも、異郷で知り合った相手が同じ村、地方、氏族出身であれば兄弟と呼び合い、助け合う。まして言葉も文化も、先住民とは見た目の姿も異なる遠い国での暮らしは大変であろう。ともに移住した同胞とのつながりさえも断ってしまうことは、非常に考えづらい。そうしなくてはならなかった理由があるはずだ」

つまり、マリーと母は、自身に連《つら》なるすべての縁から、祖父母によって故意に切り離されてしまったのだ。

理由は一つしか考えられない。祖父母と母の出自と足跡を隠し通すためだ。

マリーはすでに、母の出自を知っている。そして李孝雲という女が口にした名が、まさしく母の漢名であることも。

マリーは母を知っているという李孝雲という女から、話を聞きたいという誘惑に必死に耐《た》えた。

「皇上は、その葉赫那拉鴻熙《ホンシイ》の身元を、調べさせたのでしょうか。使用人に誘拐されたということであれば、両親が届け出を出していないはずはありませんし、孫であるかもしれない人間が出てきたのなら、乳母ではなく両親が出てくるべきでしょう」

「そもそも、どうして使用人が主家の子どもをさらう必要があるのだ。そこから調べるべきではないのか」

息巻く永璘に、兄の永琰は鼻を広げて「ふん」と皮肉に笑った。

「いろいろと胡散《うさん》臭いな」

そう言ってから、卓の上の茶碗を手に取り、蓋《ふた》をずらして白茶をすすった。茶碗を置いて、永璘に向き直る。

「趙瑪麗が、さらわれたという葉赫那拉氏の娘であることが証明された場合、瑪麗が信仰を棄てることを拒《こば》めば、法国《フランス》の状況がどうであれ清国を去らねばならぬ。おまえたちはその覚悟はしておけ」

永璘と鈕祜祿《ニオフル》氏、そしてマリーの三人は、頭《こうべ》を垂れた。返す言葉は「是《ぜ》」の他にありえない。代々の皇帝が定めた禁教の掟《おきて》の前では、宗室の皇子ですらどうしようもない、北京《ペキン》の街を取り囲む城壁のように分厚く巨大な現実が、彼らの前には立ちはだかっているのだ。

「実は十五阿哥、昨年のことですが、皇上から命じられた工芸菓子の製作にマリーが取りかかったときに、奇妙な事件が起きたのですが」

永璘は工芸菓子の下絵が盗まれた一件について、詳しく説明し始める。永琰は右手の人差し指と親指で、頬《ほお》と顎の肉をつまんでは引っ張りつつ話を聞いた。

「ますます胡散臭い」

手巾で額の汗を拭き取り、永琰はつぶやく。

今年に入って、乾隆帝《けんりゅうてい》はすでに譲位の意思を明らかにし、その準備を進めるよう各部署に命じていた。皇位の継承者については、ぎりぎりまで言及を避けるつもりらしく、まだ公表はされていない。すでに何年も前から、酒飲みで病がち、足の不自由な五十近い第八皇子の儀《ぎ》郡王永璇《えいせん》は、最年長ながらも皇太子候補と見做《みな》されたことはなく、世間の予想は成《せい》親王永瑆《えいせい》か、嘉《か》親王永琰のどちらかに絞られていた。

そして永璘自身が官民のいずれにも自分を売り込むような言動をとらず、ひたすら影を薄くすることに努《つと》めてきたこともあり、末皇子を推《お》すのは慶貝勒府《ベイレ》の家中とその関係者くらいであった。

「いまさらマリーの出自を暴露して私を陥《おとしい》れ、慶貝勒府を潰して、誰になんの益があるというのでしょう」

　全身と口調からうんざりした空気を漂わせ、永璘はカチャカチャと茶器の音を立てて茶を飲み干《ほ》した。

　鈕祜祿《ニオフル》氏は席を立ち、応接室の外に人気《ひとけ》がないことを確かめてから、扉と窓を固く閉ざした。それから湯沸《ゆわ》かしの焜炉《こんろ》を火箸《ひばし》で突いて炭火を熾《おこ》し、茶の用意を始めた。人払いをしてあったので、茶のおかわりを作る侍女も宦官も室内にはいない。マリーがそのことに気づき、慌てて立ち上がって茶器を調《ととの》える鈕祜祿氏を手伝う。

　その気配には無関心に、永琰は苦笑とも、笑いを堪《こら》えているとも取れる表情で、弟の問いに応えた。

「私の片腕を捥《も》ぎ取るくらいの効果はあるのではないか」

「褒《ほ》めすぎです。人差し指、いえ、薬指程度の役にしか、立っていません」

　永琰は弟の謙遜《けんそん》を否定せず、「ははは」と乾いた笑い声を上げた。

　弟は兄の顔をまじまじと見て、真剣な声で訊《たず》ねた。

「十五阿哥は、皇帝になりたいと、本心からお考えですか」

　兄は「ふっ」と息を吐き、「私の意思など、考慮《こうりよ》される余地があるのか」と吐き捨てた。

鈕祜祿氏は、お湯が沸くまで時折り扉に視線を送り、外の気配に注意を払っている。兄弟の会話に、誰かが聞き耳を立てている可能性を、警戒《けいかい》しているのだ。マリーも感覚を鋭くして、戸外や廊下の物音に気を配った。

永璘は相槌《あいづち》も打たず、兄の言葉の続きを待つ。

「皇上の息子は十七人。十五男の私が生まれた年には八人が鬼籍に入っていて、六人の兄がいた。手習いを始めたころには、兄は五人、ふたりいた弟は一人だけになっていた。私が成人し、開府したのち、兄は四人、弟は一人。十七弟が国を不在にしていたときに親王に昇爵《しょうしゃく》された六阿哥が、翌年には四十七で薨去《こうきょ》。いまでは兄がふたりと、弟がひとり。幸いにも、我々の兄弟で罪を被《こうむ》って死を賜《たまわ》ったり、戦争や暗殺で命を落とした者はいない。普通、というとおかしな言い方であるが、不審な死もなく、みな病で世を去っている。皇上はその聡明さと長寿を保つことで、息子たちに骨肉で争うことをさせなかった。賢明な父であり、君主であったと思う」

「ですが、いずれは誰かが次の時代を背負《せお》わねばなりません」

「十七弟には、背負う気はあるか」

「最後のひとりになったら、仕方がないので背負いますが、十五阿哥が健在でおられて、愛新覚羅《あいしんかくら》の家督《かとく》を背負うのならば、微力ながら身命を懸《か》けてお支えいたします」

微笑交《ま》じりに誓《ちか》いを立てた弟を見る永琰の目は、優しさよりもやりきれなさが勝っているようでもある。

「優秀かつ人望のある皇子は、みな他界してしまったのが悔やまれる。私自身、野心や展望がないわけではないが、曾祖父《そうそふ》と祖父、父と三代にわたって偉大な君主が続き、我が大清帝国は栄華の極みにある。さて、三代の栄華を維持し、さらに栄《さか》えさせる器量が自分にあるのかと」

「十五阿哥になければ、誰にもありません」

「十一阿哥には、その器量はないか」

「十五阿哥の半分もありません」

同母の兄弟は、ふふと声を立てずに笑った。

「それで、その龍の下絵が盗まれた件と、趙マリーの出自暴露の上奏は、同一人物が糸を引いていると思われるのですが」

永璘が話をマリーの直面している問題へと引き戻す。永琰は重々しくうなずいた。

「この一連の騒ぎで、誰が一番得をするかと考えれば、その人物が誰なのかは明らかだ。だが、あまりに分かりやす過ぎる。その誰かは世間が褒めるほど、才気煥発《かんぱつ》ではないのかもしれないな」

「ほかに、黒幕の心当たりもありません。ただひとつ解せないのは、マリーを追放して私が失脚しても、かれの潰したい真の標的には、かすり傷一つ負わせられはしないのに、あえて危険な告発をする利がどこにあったのか、ということです」

「さあ、それはどうかな。片腕にしろ、薬指にしろ、可愛《かわい》い弟が倒されるのは痛手だ。情にとらわれて弟を庇《かば》おうとした兄に火中の栗を拾わせて、大やけどをさせる第二幕が用意されているのかもしれん。慎重に行動する必要があるな。事実、こうしてふたりで額を合わせて語らっていると、謀反《むほん》の嫌疑がかけられる可能性もある」

永琰は腕を組んで考え込んだが、いくらもしないうちに腕をほどき、拳《こぶし》で膝を叩いて唸《うな》り声を上げる。

「穴から鼠《ねずみ》をおびき出す策を考えつかない。どうも我々は平和な暮らしに慣れすぎたようだ」

「そもそも人を陥れようなどと、考えたことがありませんからね」

「愛新覚羅の血も、甘くなったものだな」

永琰は情けなさを滲《にじ》ませて嘆息《たんそく》する。中華史を修《おさ》めていた永琰は、陰謀と狡猾《こうかつ》さは、為《い》政者《せいしゃ》や皇族にとって明日を生き残るために、必ず身に付けなくてはならない武器であったことを知っている。幸いなことに、永琰と永璘の生まれ育ったのは、そのような争いが忌《い》まわしく野蛮《やばん》に思えるほど、過去の伝説にも等しい、希有《けう》なまでに平和な時代であった。

「趙瑪麗《マリー》、そなたはどうだ。王室が転覆《てんぷく》し、革命が起きた国から逃れ、異国で今の地位を築き上げた女傑《じょけつ》として、何かよい案はないか」

兄弟の会話に入り込む非礼を犯さないよう、無言を保ってきたマリーは、いきなり意見を求められてうろたえる。

「革命から逃れたといっても、文字通り何の知恵もなく老爺《ラオイエ》の情けにすがって逃げてきただけで、運が良かったのです。慶貝勒府《ベイレ》では心の広いご主人さまに恵まれ、いっしょに働く人たちが優しい人ばかりで、ただひたすら修業に打ち込んでいたら、気がつけば五年が経《た》っていただけで――」

なんの策も弄《ろう》さず、絶えず襲ってくる荒波を乗り切るために無我夢中で生きてきた。だから、こうして悪意のある人間に、簡単に手玉に取られてしまうのだ。

「なので、今回も策は立てずに、流れに身を任せてみるのもいいかな、と思うのです」

「つまり？」

「私が葉赫那拉《イエヘナラ》氏の失われた娘の忘れ形見《がたみ》であるという証拠は、どこにもありません。李孝雲の証言に従って、娘の鴻熙《ホンシイ》をさらわれたという葉赫那拉夫妻と対面しても、私が鴻熙の娘であると自ら認めない限り、なにひとつ立証できることはないのです。だから、とことん調べてもらったらいいのではないでしょうか。その間、私は謹慎でもなんでも甘受《かんじゅ》いたします」

マリーは母の名を口にするたびに、母と呼ぶことが許されないのだと実感し、胸がちくりちくりと痛む。

永琰はマリーの提案に深くうなずいた。

足をすくわれない用心は欠かさないとして、下手《へた》な小細工《こざいく》を弄することなく、潔白無実であることを主張し続けることが、おそらく最良の選択なのだろう。

翌日、永璘は次のように父帝に上奏した。

曰く、趙瑪麗は自身の出自を知らない。李孝雲の言葉が真実であるのならば、彼女の主人であった葉赫那拉《イエヘナラ》家の夫婦に会って、誘拐《ゆうかい》事件の真相を知りたいと考えている。真の祖父母が満族旗人《きじん》であるのならば、知らぬこととはいえ、法を犯して清国へ戻ってきた罪を償《つぐな》うため、いかなる裁きをも受けるであろう、と。

マリーは母の本名を知って以来、母の親族に会ってみたいと、密《ひそ》かに思ってはいた。そして、自分が祖父母だと信じていた趙夫妻の正体も、ひどく気になった。どうして主家の子であった幼い母を抱えて地球を半周し、フランスへ移民してしまったのだろう。その謎に対する答えも、叶《かな》うことなら知りたかった。

葉赫那拉鴻熙《ホンシイ》の身元の照会のために調査員が選ばれ、北京へ送られることになった。避暑山荘のある熱河《ねつか》から北京までは、最速でも片道で七日かかる道のりである。その間《はま》、マリーは身柄を拘束《こうそく》されることもなく、玉耀院でいつもと同じように糕點師《ガオディアンシー》の務《つと》めを果たし続けていた。

ただ、外出はいっさい許されず、玉耀院にはマリーを監視するために、皇宮から御前侍《じ》衛《えい》が派遣された。

せっかく避暑山荘にいるのに、広い草原を乗馬もできず、寺院詣《もう》でもできないと他の使用人から同情を寄せられるマリーだが、一向に気にならなかった。涼しい避暑地でレシピ本の漢訳にたっぷり時間をかけられたからだ。夏の蒸し暑さが堪えがたい北京で謹慎させられては、いくら時間があっても翻訳《ほんやく》は捗《はかど》らなかったことだろう。

葉赫那拉鴻熙の両親とされる老夫婦が、皇帝から派遣された使者の召喚《しょうかん》に応えて避暑山荘に来るまでに、半月以上の時間があった。その間に、マリーは漢訳版を完成させた。

永璘は秘書の鄭凛華《ていりんか》に漢文の添削《てんさく》を命じた。マリーは原稿を受け取りに来た鄭に、審問の証言に立たされたいきさつについて、訊ねることができた。

「実に急な召喚でした。しかも何を証言させられるのか、直前まで知らされていなかったのです」

「陛下《へいか》から直《じか》に審問されていたのに、とても落ち着いて応答していたの、すごいなと思いました」

「手は汗でじっとりしていましたし、背中にも冷や汗がだらだら流れていましたよ」

鄭がいたって真面目《まじめ》にそう言うので、マリーは思わず笑ってしまった。

「パリで会った当時の私、そんなに漢語ができていませんでした？」

「意思の疎通《そつう》はまったく不可能でしたね」

鄭凛華はしれっと断言した。邸内のどこに皇帝の耳が張り付いているか、わからない状況である。鄭は嘘などついていませんといった調子で、思い出話を続けた。

「ですが、呑み込みが早いので教え甲斐《がい》がありました。下地があったかどうかは、私にはわかりませんが、趙小姐《シャオジエ》にはもともと、言語の習得に才能があったのかもしれません。英国の使節に、十二歳で七カ国語を操《あやつ》る少年がいましたが、ある種の分野に突出した天才というのはいるものです。趙小姐も彼のように早い時期に適切な教育を受けていれば、北京官話とフランス語以外の言語も習得できていたことでしょう。我々凡才にはうらやましい限りです」

マリーはトーマスの話題が出たので、この避暑山荘で彼を接待したことを懐かしく思い出した。いまは十四歳になっているトーマスは、ますます活躍していることだろう。今頃は十カ国語くらいは習得しているかもしれない。

「二カ国語だけでもう頭が爆発しそうです」

マリーは原稿をパラパラと通し読みする鄭にそうぼやいた。

「翻訳という作業は、その言語だけでなく、文化的な背景も理解していないと、わかりやすい表現で書き現すことは難しいのです。原本に赤を入れるのは控《ひか》えた方がいいですね。写本してから添削しましょう」

「原本に間違いの訂正を入れたら、真っ赤になって原文が読めなくなってしまうんですね。お心遣い、感謝します」

マリーの前でもしらを切り通した鄭凛華の本音は知るよしもない。とりあえず、鄭はマリーの窮地《きゆうち》を救ってくれた。そして、永璘を陥れようとする人間とはかかわりがないことがわかっただけでも、ありがたいことだった。

「おそらく、来年からは私は別の部署へ異動になることでしょう」

原稿を繰りながら、鄭が唐突に告げる。マリーは「え?」と訊き返したまま、言葉を失ってしまった。

「今回の疑惑騒動とは関係のないところで、もっと前から決定されていました。皇上の譲位に伴って、人事に大きな変動があるのです」

「そう、なんですか」

鄭凛華が慶貝勒府《ベイレ》からいなくなるところなんて、マリーには想像できなかった。考えたくもない。

「本来なら、官僚には四年ごとに異動があるのですが、私はもう八年も老爺《ラオイエ》にお仕《つか》えしています。長過ぎたのかもしれませんね」

「なら、昇進されるんですよね。こういうときは、お祝いしないといけないのに、もういままで通りに会えなくなってしまうと思うと、寂《さび》しさが先に立って笑顔になれないものですね。――おめでとうございます」

「まだ昇進とは決まっていませんから、祝辞は早いですよ」

鄭はいつものように、穏やかに笑う。

「地方の行政を任されたら、慶貝勒にも趙小姐《シャオジエ》にも四年は会えなくなりますから、私も寂しいです。どこにいても、趙小姐が健《すこ》やかであるように、願っていますよ」

マリーは思わず目頭が熱くなって、手の甲でまぶたを擦《こす》った。アミヨー神父が逝《い》ってしまってから、マリーはひどく涙もろくなってしまった。誰かとの別れを思うだけで感傷的になってしまう。

「まだ来年の話なのに、いまからお別れが悲しくなってしまって。そのときが来たら、わんわん泣き叫《さけ》んでしまいそう」

マリーは無理に笑顔を作って、明るい口調でとりつくろう。鄭はやはり温和な表情と口調を崩すことなく、マリーの肩に手を置いた。

「私ももらい泣きしてしまうことでしょう。趙小姐《シャオジエ》とは長い付き合いでしたからね」

鄭は原稿を受け取り、できるだけ早く添削を終えて返すことを約束した。

マリーは鄭が王府の人間ではなく、朝廷の官吏《かんり》だと知ったとき、永璘が禁じられた絵を描いていないかと疑った乾隆帝によって、王府に送り込まれた監視役ではないかと勘ぐったことがある。

皇帝に嫌われた皇族の秘書などという閑職《かんしょく》は、科挙に受かるために何年も学問漬けの日々に耐え、激しい競争を勝ち抜いた優秀な青年には、あまりにも魅力にかける地位と仕事ではなかろうか。通常なら四年の任期が八年というのも、清国の官僚システムを知ったあとではさらに不自然に思えてくる。鄭にとっては出世が遅れるだけで、なんの旨味《うまみ》もない職位なのだから。

八年は長い。だが、息子を厭《いと》う皇帝より監視役として遣わされた秘書が、永璘の信用を得るためには必要な時間でもあっただろう。

乾隆帝の真意がどこにあったにせよ、あるいは鄭凛華の真の任務が何であったにせよ、鄭は永璘やマリーにとって不利になることは沈黙した。乾隆帝が疑うようなことは、なにひとつ発見し得なかったという姿勢を貫いてくれた。

出世よりも、長く仕えてきた永璘に対する主従の義理と、パリ脱出の危険をともにくぐりぬけたマリーとの友情を選んでくれたのだ。

「鄭さん、ごめんなさい」

口の中で謝罪し、鄭の栄転を願う。清はとにかく広大な国だ。一度別れてしまったら、もう一生会うことはないかもしれない。マリーは鄭が王府にいる間は、毎日いろいろなお菓子を作って差し入れることに決めた。

盛夏も終わりに近づき、朝夕の風が涼《すず》しさよりも冷たさを含んできたころ、葉赫那拉《イエヘナラ》鴻《ホン》熙《シイ》の両親が避暑山荘に連れてこられた。かれらの聴取にマリーや永璘が立ち会うことはなかった。

かれらは、確かに鴻熙という名の娘はいたが、二年目の誕生日を迎える前に麻疹《はしか》で死んでしまったと証言した。届けも出してあると。李孝雲が鴻熙の乳母であったことも認めたが、李の証言については否定した。娘を誘拐した使用人夫婦は存在しなかった、娘を死なせたことで李孝雲を詰ったことは認めたが、罰《ばつ》は与えなかった。娘の葬式《そうしき》を出す前に解雇《かいこ》したことを、根に持っているのではないかと口述したという。

マリーの知る母の姓名がこの夫婦の娘と一致しているのだから、かれらがマリーの親族であることは間違いがない。だが、マリーは面会を強くは望まなかった。会いたいという気持ちはマリーの側にしかなく、向こうはキリスト教徒の孫に関わってしまうことで自分たちが疑われ、巻き添えになることを懼《おそ》れているのだろう。

誘拐事件など起こらず、誘拐犯の夫婦も存在しなかった。

当の鴻熙《ホンシイ》の両親がそう主張するのだから、それ以上は追及のしようもない。吏部に戸籍上の処理を確かめさせたところ、やはり鴻熙は麻疹で夭逝《ようせい》している。李孝雲は虚偽《きょぎ》の証言をして、マリーを利用し旧主人たちに復讐《ふくしゅう》を図《はか》ったのでは、というのがこの事件の落ち着くところになりそうだ。

マリーの母の乳母を称して問題を大きくした李孝雲は、偽証の罪を問われて北京へと送られた。李孝雲を問い詰めて虚言を弄した真の意図を吐かせたい永璘であったが、下手に問い詰めて問題が再燃し、藪蛇《やぶへび》となることを懼れた鈕祜祿《ニオフル》氏に止められた。

上奏文を認めた官吏は、捕らえられて事情聴取を受けることになるだろう、と永璘が教えてくれた。おそらく、李孝雲から賄賂《わいろ》を受け取り、誣告《ぶこく》の片棒を担《かつ》がされたのだ。

だけど、マリーは鴻熙が麻疹で死んでいなかったことを知っている。鴻熙は海を渡り、遠い異国には彼女を育てた両親がいた。その両親と鴻熙が血のつながった親子だったのかは、もはや確かめる術《すべ》はないが、鴻熙が葉赫那拉《イエヘナラ》の両親のもとから連れ去られたのは、取り換えようのない事実なのだ。

使用人がどうしてあるじの娘を誘拐して、清国を脱出したのか。真相は闇の中へと消えていく。

マリーはこんな仮説を立ててみる。

清国では、主人が使用人に手を出して孕《はら》ませてしまった場合、その子どもは養子に出されるか、主人夫婦が引き取り我が子として育てるという。実母が誰であるかを隠して、実子として届けることもあるらしい。

それは男子が生まれたときのことで、赤ん坊が女子であれば放置されてしまうようだが、中には我が子であれば男女は問わないという親もいたことだろう。

主人に手込めにされた女中か下女が女の子を産み、それを主人夫婦が養育するために取り上げてしまう。その女には夫か情人がいて、主人の子か自分の子かと悩むことなく、妻の哀《かな》しみを汲《く》み娘を取り返してふたりで逃げた。

ロマンチックではあるが、そうするとかれらは本当にキリスト教徒だったのか、という疑問が湧いてくる。主人夫婦が追ってこられないように、禁教のキリスト教に入信し、それでも安心できずに海外に逃亡したのか。

母の名は誰にも打ち明けていないので、この推理は自分ひとりの胸にしまっておく。

葉赫那拉《イエヘナラ》の祖父母を追及できない以上、事件は解決したのだ。

マリーは祖父母が北京へ送り返されるという日、城門の陰からかれらを見送った。単純に、好奇心からである。向こうはマリーに気づかず、通り過ぎた。

来るときは皇帝の召喚であったから、馬車に乗ってきたと聞いていたが、帰りは馬車でも馬でもなく、徒歩のようだ。けっこうな年齢なのにずいぶんと冷たい。清国は敬老の国だと聞いていたが、どうも正しくなかったようだ。こちらの都合で呼び出したのだから、帰りも馬車で送ってあげればいいのに、とマリーは乾隆帝に腹が立つ。

なんとも竜頭蛇尾《りゅうとうだび》な事件であった。

この陥穽《かんせい》を仕組んだ人間は、鴻熙《ホンシイ》の両親が引っ張り出されるところまで、想定していなかったのだろうか。満族の人間であれば、親族からキリスト教徒を出したなどと死んでも認めたりはしないのだから、このはかりごとは上手《うま》くいくはずがない。

あるいは、李孝雲の証言を鵜呑《うの》みにし、鴻熙の両親とマリーが肉親の情につられて、互いを認知することを期待していたのかもしれない。

ことの顛末《てんまつ》を聞いた嘉親王永琰は「ふん」と鼻先で笑った。

「詰めが甘い。この程度の謀《はかりごと》しか仕組めない相手ならば、懼れることはないな」

永琰皇子はさらに満面に笑みを浮かべてこう言った。

「下絵の窃盗《せっとう》も出自の暴露も、どちらも不発に終わったことで、いまごろ地団駄《じだんだ》を踏んでいるのではないかな。人を呪《のろ》わば穴二つという。そのうち自分に返ってくることを心配した方がよさそうだが、残念ながら誰の陰謀なのかわからないから、忠告する術がない」

マリーの出自究明の上奏文を提出した官吏を尋問《じんもん》すれば、背景がわかってくるだろう。ただ、譲位を前に多忙な皇帝が、これ以上末皇子の家庭に首を突っ込む暇《ひま》はないと思われる。そうして取り調べが進まないうちに代が替われば、件の官吏は恩赦《おんしゃ》によって釈放されるだろう。

「どのみちもう時間がない」と永琰は続ける。

「下手に皇室に波風を立てようとする者は、皇上の逆鱗《げきりん》に触れて一族が罰せられることを覚悟しなくてはならない。それは我々も同じだ。いまは頭を低くして嵐の過ぎるのを待つだけだ」

弟の永璘は真面目な顔を取り繕って「御意」と答えた。

この一件で、マリーが満族旗人の血を引くらしい、という見解が慶貝勒府《ベイレ》に広まった。掌《てのひら》を返すほどではないにしろ、周囲のマリーに対する態度が、少しばかり敬意と親しみを含んだものになった。同族意識というのは不思議なもので、マリーのことを素性の知れない馬の骨扱いしていた者たちが、相手が半分でも同根とわかると、よそ者に対する排斥《はいせき》意識が減ずるらしい。

「大変だったねぇ」

小杏がつくづくとため息をつき、事件の解決を喜んでくれる。

「まあ、悪いことばかりじゃないよ。優しくしてくれる人が増えたし。いつだったか、老《ラオ》爺《イエ》か嫡福晋《ちゃくふくしん》さまが言ってらしたんだけど、『悪いことはいいことの先触れで、いいことは悪いことの予兆』だから、幸不幸が入り交じってきても、驕《おご》ることなく、悲観することなく、日々をたゆみなく生きるのがいい、って。今回もそうなったから、無問題」

「瑪麗《マリー》は寛容だね。人が好《よ》すぎる」

小蓮はあきれた表情で、褒め言葉を返した。

王府のパティシエールと、王府の暗雲

秋の風が吹き、乾隆帝は北京へ還御《かんぎょ》したのち、譲位を行うことを宣言した。

もともと祖父の康熙帝《こうきてい》の治世六十一年を超えることを憚《はばか》り、在位六十年を以《もっ》て位を降りることは公《おおやけ》に仄《ほの》めかしていたこともあり、皇太子の名が秘されているほかは、水面下での準備は進んでいた。

これは四人の皇子《おうじ》たちにとって、緊張を強《し》いられる日々だったであろうと、外国人のマリーにも想像できる。

優秀な皇子を密《ひそ》かに選んでおき、皇帝が崩御するまで後継者を明らかにしないこの清朝独特の『太子密建《たいしみっけん》』という法は、後継者争いと、廷臣らが派閥《はばつ》をつくり対立するのを防ぐために定められた。熾烈《しれつ》な後継者争いが繰り広げられた時代には優れた制度であったかもしれないが、あまりにも治世の長い皇帝の時代には、かえって待ちくたびれた皇子たちの間に対立をもたらす火種でしかないのではと、部外者のマリーには思われた。

龍のピエス・モンテ作りの妨害や、出自疑惑の弾劾文《だんがいぶん》なども、マリーが乾隆帝の歓心《かんしん》を得て、それによって慶貝勒《ベイレ》府と永璘の株が上がることを望まない競争相手が仕組んだことではないかと思われる。むしろ、それしか心当たりがない。

ただ、皇位継承資格としての『優秀さ』が評価されているのは、学問と芸術に優れてはいるものの、吝嗇《りんしょく》かつ狷介《けんかい》な性格で著《いちじる》しく人望を欠く永璉か、文武に於《お》いては突出して秀でたところがあるわけではないが、常識人で人望を集める永琰のふたりに絞られているのが現状である。

皇位争いからは一歩も二歩も引いている永璘を陥れる必要など、どこにもないはずであった。あるとすれば、永琰と永璘が仲の良い同母兄弟であることと、その絆《きずな》の強さがかれらの弱点であるかもしれないということくらいだ。


初秋の風を理由に、鈕祜祿《ニオフル》氏は玉耀院の女たちに帰京の準備を命じた。

「立秋も待たずに急に冷たくなる塞外《さいがい》の風は、幼い子どもたちにはよくありませんわ」

鈕祜祿氏の興味と注意は、すでに家の中に戻りつつある。

下絵の盗難事件といい、出自暴露事件といい、必要であれば冷静かつ果断な態度で困難に臨み、皇帝にさえ理詰めで対峙《たいじ》することに怯《ひる》まない鈕祜祿氏の側面は、いまは柔和《にゅうわ》な面《おも》差《ざ》しの下に鎮《しず》まっている。

葉赫那拉《イエヘナラ》の祖父母が帰京した日、鈕祜祿氏はマリーを呼び出して、これ以上はこの騒動にかかわらないようにと釘《くぎ》を刺した。鈕祜祿氏の命令ならば、マリーはそれが馬の尻尾《しっぽ》を食べろと言われても、直《ただ》ちにそうしたことだろう。

「あの、どうもありがとうございました。その、陛下に私の無実を主張してくださったこと」

永璘でさえ、父親に何も言えなかったというのに、鈕祜祿《ニオフル》氏は罰を懼れずマリーのために盾《たて》になってくれたのだ。

「いいのですよ。あの場に乗り込んでいったのは、わたくしの他に皇上に直訴できる者がいなかったからでもあります」

鈕祜祿氏の眼差《まなざ》しはどこまでも穏やかだ。乾隆帝の前で見せた、怒りと断固とした意志の片鱗《へんりん》も、いまはない。

「永璘さまがあなたのために弁明をしなかったこと、責めないであげてください」

マリーは図星を刺されたことに、ぎくりとした。

「もともと皇上の心証がよくない永璘さまが瑪麗《マリー》を庇えば、皇上はご気分を損《そこ》ねたでありましょうし、皇上を怒らせてしまえば、慶貝勒《ベイレ》府は取り潰されたかもしれません。永璘さまには、家族と慶貝勒府に勤める者たちを守る責務があります。皇上の不興を買えば、瑪麗の出自がどうあろうと、永璘さまのお立場は絶望的なものになってしまったことでしょう。このたびの上奏と審問を仕組んだ者は、瑪麗の出自を解明することよりもむしろ、暴露を懼れたわれわれが恐慌に陥り、情に走って皇上の逆鱗に触れ、皇籍から除かれることを期待していたのかもしれません」

「でも、奥様が皇上を怒らせることになっていたかもしれないじゃないですか」

鈕祜祿氏《ニオフル》は艶然《えんぜん》と微笑《ほほえ》む。

「あら、わたくしはだいじょうぶです。瑪麗は知らなかったかしら、わたくしは皇太后《こうたいごう》さまの末の姪《めい》なのです」

つまり、乾隆帝の従妹《いとこ》に当たるのだという。

「え、でも――」

乾隆帝と鈕祜祿氏は、親子どころか祖父と孫にもあたる年齢差だ。永璘は親世代の女性を妻にしたということか。

鈕祜祿姓のなかでも、皇太后の一門というもっとも権威のある一族が、紅蘭の後ろ盾なのだ。たおやかな表層の流れの下には、確固とした名門としての矜持《きょうじ》と強固な芯を、鈕祜祿氏は持ち合わせていた。堂々と皇帝に意見ができるわけであった。

「伝家の宝刀ですね。繰り返し使えば身を滅ぼす諸刃《もろは》の剣《つるぎ》ですが、それだけにここぞというときには、効果を発揮できる――」

鈕祜祿氏は手巾《ハンカチ》で口を覆《おお》い、いたずらな微笑を隠した。

マリーは主人たちよりも一日早く北京へと出立する予定であった。小蓮《しょうれん》と荷物と旅装を整え、早めに寝ようと灯《あか》りを消してしばらくしてから、永璘と鈕祜祿氏が息子と滞在する正房《おもや》の方が騒がしくなった。

「何かしら――」

まぶたをこすりながら、小蓮が起き上がった。ふだんは寝付きのいいマリーだったが、妙な胸騒ぎに布団《ふとん》から出て部屋着の上から長袍《チャンパオ》を羽織《はお》った。正門の重い扉が開け閉めされる音が聞こえ、奥の建物では太監が走り回っている。中庭のいたるところに篝火《かがりび》が置かれ、あたりは白昼のような明るさだ。

マリーは下級使用人たちが入ることを許された中庭まで行ってみた。妃《きさき》たちの宮殿からは、いつもより濃く香の煙と読経《どきょう》が流れてくる。

門の近くに部屋を与えられた下男から話を聞いた小蓮が戻ってきた。

「お坊さまやお医者さまが、何人か招き入れられたそうよ。それから、執事があちこちのお寺に祈禱《きとう》のための寄進の使者を送り出したって」

「こんな夜中に？」

マリーが不可解そうに眉《まゆ》を顰《ひそ》める。

「急病人が出たんだわ。それも命にかかわる――」

後半は口にするのも不吉だと言わんばかりに、ほとんど吐く息の下でささやいた。

病人のために聖職者を呼ぶということは、もはや治る見込みがないと判断されたのだろうか。

「誰が？　今朝は皆さまとてもお元気そうだった」

「夜通し火を焚《た》くのは、魔を寄せ付けないため。午後から急に冷たい風が吹き込んだけど、禍《わざわい》を運び込んだのかしら」

小蓮は指先で魔除《まよ》けのまじないを切り、マリーもつられて胸の前で十字を切った。

夜の冷気は部屋着に長袍だけでは防ぎきれない。マリーはぶるっと震えて自室に戻ることにした。懐炉《かいろ》か手焙《てあぶ》りを用意しなくては、寒すぎて事態が明らかになるまで待っていられない。

マリーの提案に小蓮も賛成し、いったん部屋に戻った。他の下女らも、主人たちの室内をのぞき込むこともできない以上、外にいてもどうしようもないと思ったのだろう。三々五々と引き揚げていった。

その後も、正房《おもや》と正門を行き来する足音は絶《た》えず、永璘と妃たちの宮殿にはたくさんの火が灯され続けた。

呼ばれない限りはこちらから行くことのできない身分差がつらい。ただごとではないことが正房で起きているのに、マリーはただやきもきと主人らを案じて、起きていることしかできないのだから。

小蓮は寒さに堪えかねて布団に潜《もぐ》り込み、眠たげなまぶたを無理に開いてマリーにつきあっている。

不安に耐えきれなくなったマリーは、胸の隠しからロザリオを出し、冷たい床に跪《ひざまず》いて祈り始めた。マリー・アントワネットの訃報《ふほう》を聞いて以来の、久しぶりの真剣な祈りだ。

正房で誰かが苦しんでいる。

永璘ではありませんように
鈕祜祿《ニオフル》氏でもありませんように
少爺《シャオイエ》でもありませんように
阿紫《あじ》さまでもありませんように
お妃のどなたでもありませんように
永璘の家族の誰かが苦しんでいるのならば、どうぞ癒《い》やしてあげてください
もしも命にかかわる病であれば、どうぞ代わりに私の命をお取りになってください
病を私に振り替えてください
永璘さまと紅蘭さまが、不幸になりませんように
慶貝勒《ベイレ》府が昨日までと同じ、平穏な夜明けを迎えられますように
お願いです　お願いです
私の命を差し上げます
誰の命も召さないでください

正しい祈りの言葉など忘れたかのように、マリーは願いだけを繰り返した。
マリーの神は、異教徒の永璘一家に慈悲《じひ》を垂れてくれるだろうか。
むしろ永璘たちが信仰する仏に祈るべきではないだろうか。
そんな迷いが祈りの言葉の合間に滑《すべ》り込む。

唯一の神を信じるマリーにとって、他の宗教が崇《あが》める神はもちろん、仏の信仰も邪教であり、否定され、撲滅《ぼくめつ》されるべき忌まわしい存在であった。だが、清国の大半の人々は、唯一の神に祈りを捧げなくても、無窮《むきゅう》の天を仰ぎ、広大な大地に祈りを捧げて何千年も生きてきた。唯一の神の教えと加護など、必要としない人々なのだ。

かれらは最後の審判も天国の存在も信じていないから、現世で己の罪を懺悔《ざんげ》する必要もない。自分が罪を犯そうと、誤った邪神を崇拝《すうはい》しようと、死後の世界に関連づけることはしない。

かれらにとって、天の国とは天帝とその眷属《けんぞく》が住まう世界で、人間の身では昇天できないとも考えている。では死後の魂《たましい》はどこへ行き、どうなるかという問いには、人の数ほどの答が返ってくる。極楽と地獄はある、とか。清廉《せいれん》な魂は浄土へいけるが、そうでなければ八大地獄へ落ちるとか。死んだら魂も消滅し、何も残さないと考えている人々もいる。かれらにとっては、現世がすべてなのだ。

マリーの浅い知識では、仏教というくくりでさえ、統一された見解がないように思われる。

永璘たちが信仰しているのはラマ仏教だから、あのくるくる回る筒を祈りながら回せば、仏は聞き届けてくださるのだろうか。

隣で空気がせわしなく動く気配に、マリーは目を開けてそちらを見た。

マリーの横に毛布を敷いて立つ小蓮が合掌してお辞儀をし、膝をついては這《は》いつくばり、また立ち上がって合掌するを繰り返していた。

マリーは戸惑いつつ訊ねた。

「何をしているの？」

一連の動作を終えた小蓮が、膝をついてマリーと向かい合う。

「祈っているの。瑪麗《マリー》と同じ」

「その、立ったり、頭を床につけたりすることが？」

「そうよ。瑪麗も小ポタラ宮の方角に跪いて祈っていたんでしょう？」

マリーは自分がどの方角を向いて祈っているかというのは、念頭になかった。どこを向いて祈っても、神には届くとされているのだから。それに、ポタラ宮に祀《まつ》られているのは仏であって、キリスト教の神ではない。

「ええ、まあ、祈っていたけど。それ、清国の祈りの作法なの？」

北京に住んでこの五年間、見たことがないのだが。

「寺院の参詣《さんけい》で仏や高僧を前に祈るときとか、聖地へ向かう巡礼者でもなければ人前ではしないから、お寺や礼拝堂に入らない瑪麗は見たことないでしょうけど」

ああそうか、と納得した。王府をほとんど出ないマリーには、近くにあっても目にする機会のない文化なのだ。王府の中でも、仏を部屋に祀るような信心者なら、きっとこのような激しい祈りを欠かさないのかもしれない。

マリーは自分も同じ作法で祈るべきか悩んでいると、察した小蓮が無理をしないようにと説く。

「五体投地は慣れるまでけっこう難しいから。それよりいまは正房《おもや》でお苦しみの方が回復なさるよう、一人でも多くの祈りを天に届けるのが大事。瑪麗は瑪麗のやり方でやるといいよ」

「うん。そうする」

マリーと小蓮は、それぞれの祈りを続けた。

小蓮はときどき休んでは、また五体投地を始める。

「だいじょうぶ？　けっこう激しい運動じゃない？　いつまでやるの？」

「ふだんの拝礼なら十二回もやれば充分だけど、どうしても聞き届けて欲しい願いだったら、百八回」

ことともなげに言う小蓮に、マリーは驚いて止めるように言う。

「そんなにやったら、膝が壊れちゃうよ」

「でも、医者や祈禱僧をあんなに呼んだり、外のお寺にも手配しているってことは、病人は危篤《きとく》ってことでしょう？　もし――さまだったら、と思うといてもたってもいられない。祈ることしかできないのなら、できることをやるしかないじゃない」

小蓮はいまでも永璘への恋心を抱いているのだ、とマリーは直感した。

マリーの助手になれば、永璘の目に留まる機会も生まれ、『お部屋さま』なる玉の輿《こし》に乗る幸運に巡り合わせるのではと、三年前から後宮へも避暑山荘へもマリーについてきた。

しかし、永璘と何度も顔を合わせ、声もかけられたことがあるのに、小蓮が女性として見られたことはなかった。

最近の小蓮は永璘への憧れを話題にすることもなく、甜心房《てんしんぼう》の仕事に専念していた。あきらめたのかと思われていたが、あきらめたふりをしていただけだったのだ。

「いま何回？」

「三十回」

「じゃあ、私も手伝うから、十回ずつ交代で祈りましょう」

マリーは寝台から自分の毛布を引っ張り出して床に敷いた。

「ひとりでやらなくちゃ意味がないよ」

すでに足下がふらふらしている小蓮の主張には、説得力がない。

「やり通せなくちゃ、もっと意味がないでしょ？　私は祈りを唱《とな》えないから、小蓮が私の服の裾《すそ》を握って清国の教えで祈って。私の体を通して、小蓮が小蓮の神さまに祈るの。きっと届くよ」

マリーは仏に祈るのは自分ではなく、小蓮だという論法で、見よう見まねで五体投地を始めた。

マリーが十回分を終えると、小蓮が自分の十回を始める。たった十回でもう、鍛《きた》えているはずのマリーの膝や腰が不平を言い始める。こんな風に筋肉を使うことはないのだから当然といえば当然のことだ。まだ小麦粉や砂糖の袋を担《かつ》いで十里を往復しろと言われた方が、慣れた苦行なので楽かもしれない。

小蓮が「十回」とつぶやいて毛布に倒れ込むと、マリーは自分の十回を始める。

次に小蓮の番となったとき、正房《おもや》の方から背筋の凍《こお》るような悲鳴が聞こえた。その獣《けもの》の遠吠えにも似た悲鳴は数を増やし、玉耀院じゅうを覆い尽くした。ただごとではないことが起こっている。

マリーと小蓮は互いの手を握り合い、身を寄せ合って体を震わせた。

何が起こったのかはわかっている。祈りが届かなかったのだ。

誰の祈りも。

地面の揺れるような響きが、人々の足音だと悟《さと》ったふたりは、自分たちも他の使用人たちとともに正房へと駆けつけた。

正房に詰める女官や太監《たいかん》が、柱や扉によりかかって泣き伏している。床に身を投げ出して慟哭《どうこく》している者もいた。

マリーの手足から血の気が引いて、何に触れているのか、地面にちゃんと立っているのかもわからない。

誰が息を引き取ったのか、知りたくなかった。

執事が正房から出てきて、使用人たちに自室に戻るように指図した。一番近くにいた使用人が、今宵《こよい》鬼籍に入ったのが誰かと教えられた。さざ波のように使用人たちの口から口へと伝えられて、マリーのもとへも届く。

まだ、諱《いみな》も授かっていなかった永璘の次男であった。夕方から急に高熱を出し、引き付けと痙攣《けいれん》を起こすことを続けて、ついに深更《しんこう》に息を引き取ったという。

連れて行かれたのが誰の命であればよかったのか、わからない。それでも、どうしてそれが自分の命でなかったのかと思うと、それればかりが悔やまれる。待望の男子を二年も経たずして喪《うしな》ってしまった永璘と鈕祜祿《ニオフル》氏の胸の内を思うと、自分の胸も引き裂かれそうだ。

マリーと小蓮は、泣きじゃくりながら自室へと戻った。身を寄せ合い、泣き疲れて眠りに落ちるまで、誰からも愛されていた幼児の面影《おもかげ》を追い、その冥福《めいふく》を祈り続けた。

あきれるほど青く、突き抜けた高い空のもと、永璘の次男の葬儀が執《と》り行われた。

軒《のき》や壁にかけられた白い幔幕。白い喪服《もふく》に埋《う》め尽くされた院子《なかにわ》。

清国では喪の色は白とされている。哀《かな》しみの黒ではなく、人の世という穢土《えど》の苦しみから解き放たれ、浄土へと向かう死者への祝福の色なのだろうか。仏教のことはよくわからないマリーであったが、なぜか白一色の葬儀場には、静謐《せいひつ》な美が宿っているように思えた。

永璘と鈕祜祿氏の前にお悔やみを言いに上がる順番が来ても、何も言えなかった。ただ、「奥様」「老爺《ラオイエ》」と喉《のど》を詰まらせ嗚咽《おえつ》を漏《も》らすだけで、相手を慰《なぐさ》める言葉など思い浮かばない。

家族を喪う痛みならば、マリーはよく知っている。だけど、待ちわびて授かり、これから育てていこうと愛情を注いでいた我が子を喪う痛みは、想像もつかなかった。

結婚してから十年、ようやく授かった長男は一年余りで夭折。生まれたときも病死したときも、永璘は不在で顔を見ることもできなかった。そしていま見送るのは、あきらめかけたころふたたび授かった待望の次男であった。鈕祜祿《ニオフル》氏はすでに二十八歳。子を産み続けるのは難しい。

永璘は、自分も兄の永琰も、母の魏佳《ウエイギヤ》氏が三十を過ぎて生《な》した子であるからと、なかなか子を授からないことは気にしていなかった。おそらくは、鈕祜祿氏のためにそう振る舞っていた。次男の妊娠《にんしん》がわかる前までは、『自分が生まれたとき、母は三十八であったから、まだ十年もある』と鈕祜祿氏を慰めていたという。

だが、そんな強がりも愛児に先立たれれば打ち砕《くだ》かれる。

蒼ざめ、一晩でやつれ果てた面差しの永璘に、マリーはかける言葉を持たなかった。

部屋に戻って喪服を平服に着替え終えたマリーは、自分のせいかもしれないと考えてしまう。ここでは異教徒の自分が唯一の神に祈ったから、仏の怒りを買ったのだろうか。それとも、小蓮の祈りを肩代わりしたことが、作法に反したことだったのか。

悩みに思い乱れるマリーを心配した小蓮が声をかける。マリーのように少爺《シヤオイエ》の子守をしたことがないので、喪失の痛みはマリーほどではない。病を得たのが永璘ではなかったことに小蓮はむしろほっとしていたのだろう。立ち直りもマリーよりは早かった。

「瑪麗《マリー》は少爺のこと、とても可愛がっていたものね。いまは苦しみもない蓮《はす》の上の、仏さまのお膝元で、無邪気に遊んでおられることでしょうよ」

ふとしたことで、マリーは自分と清の人々との死生観の違いに驚かされる。東洋の人々は、死を救済として捉えているのだ。

マリーは自分の罪悪感について話した。小蓮の祈りを肩代わりしたことは、罪になるのだろうかと。

小蓮はくすりと笑った。

「瑪麗《マリー》の善意から行ったことが、どうして仏の怒りに触れると思うの？　もちろん、私の利己的な現世利益のための願掛けならば、人に頼るのはだめだと思うけど。老爺《ラオイエ》のために瑪麗と一緒に祈ることは、想いが倍になりこそすれ、責められることじゃないと思う」

「でも――」

祈りは届かなかった。願いは叶わなかった。

「瑪麗。人の寿命は生まれたときにすでに定まっているの。私たちにはそれを知る術がないから、死を遠ざけようとして祈る。でも、人がいつ死ぬかは天が定めることだから、誰のせいでもないんだよ」

小蓮の言うことがあまりに達観していて、ふだんからそんなことを考えているのかと、マリーはびっくりした。

「そういうこと、どうして思いつくの？」

「礼拝に行くと、お坊さまがありがたいお説教をくださるじゃない。迷いとか哀しみは誰もが等しく受けるけども、お経を唱えて善行を積むことが、浄土への道だとか、なんとか。

耶蘇《やそ》教のお寺では、そういうこと教えてもらわないの？」

なんとなく気づいてはいたのだ。こちらの人々には、最後の審判はもちろんのこと、原罪という観念がない。生きている間に犯した罪を、生きている間に償《つぐな》えないときは、来世に持ち越したり、そのために地獄に落ちたりする。キリスト教徒とはまったく異なる死生観なので、あまり深く考えないようにしてきたが。

小蓮は記憶を掘り起こそうと額を押さえて考え込んだ。

「昔から、『天に命あり』って言ってね、えっと、うーん。『死生命あり』、だったかも。よく覚えてないけど、とにかく人の生き死にも、運命も、天が定めることだから」

自分たちに責任はない、と言いたげにマリーの背中を優しく撫《な》でる。

「でも、少爺《シャオイエ》にはもっと生きてもらいたかったね。天の意思がどこにあるのか知らないけど、老爺にはお幸せになって欲しいのに」

小蓮はまた鼻声になって、マリーといっしょに涙を流し始めた。

哀しみがつらすぎて、まぶたも鼻も真っ赤に腫《は》れるほど、いつまでも泣き続けた。

たくさん泣いてくれる人がいるほど、死者は早く成仏するのだとも信じられているらしい。ここでは異教徒の自分の涙も、数に入るのだろうか。もしもそうなら、マリーは少爺のためにいくらでも泣けると思った。

北京に戻ってからも、慶貝勒《ベイレ》府は葬式の重苦しい空気がそのままのしかかっていた。

後院の東廂房《ひがしわきのや》から下がってくる御膳は、ほとんど手がつけられていない。鈕祜祿《ニオフル》氏は粥《かゆ》すらも喉を通らないほど、ふたりめの我が子を喪った哀しみから立ち直れないでいる。

一使用人にすぎないマリーが、永璘の正房《おもや》や鈕祜祿氏の東廂房のある後院へ呼び出されることはなく、あるじたちのようすを知ることはない。マリーはこのとき初めて、使用人という立場を選んだことを後悔《こうかい》した。大切に思う人々が、堪えがたい苦しみと哀しみの中にあるときに、自分の一存で見舞いに上がることすら許されない。

ほぼ毎日、その日の仕事が終わると西園の杏花庵《きょうかあん》に行き、日が暮れるまでそこで過ごす。もしかしたら永璘が訪れて、つらい心のうちを打ち明けにくるのでは、と思ったからだ。だが、杏花庵を訪れる客はなく、黄丹《こうたん》すら正房《おもや》の仕事に忙しいらしく、薪《まき》や水が減っても補充されるようすはなかった。

『お部屋さま』となることを選んでいたら、他の妃たちのように、鈕祜祿《ニオフル》氏のそばにいてともに悲しみ、永璘を慰めることができただろうか。

いまさら考えたところで、せんないことだ。王府に勤《つと》める使用人のひとりとして、淡々と日々の業務をこなしていくことが、マリーに求められていることであった。

王府全体が重たい水の底にあるような、そんな息苦しさを誰もが感じているらしく、満席膳房の厨師たちもいつもほど威勢がよくない。

マリーに宮廷甜心を指導する王《おう》厨師の嫌みにも、いつもの冴《さ》えがなかった。

王厨師の得意とする工芸菓子は、餅米《もちごめ》や粳米《うるちまい》の粉に砂糖や水飴《みずあめ》を加えて練《ね》り上げた生地に火を通した、牛皮《ぎゅうひ》というものだ。グルテンの多い餅米は粘《ねば》りが出るので生地《きじ》がよく伸び、水飴との配合量によって透明感も出しやすい。どうして『牛の皮』などといった無粋《ぶすい》な名前がついたのか、マリーは理解に苦しむ。

かなり古い時代からある菓子らしいので、牛皮が洗練された宮廷甜心になる前は、もっと無骨な色や食感だったのかもしれない。

日常的には、牛皮は餡《あん》を包む皮として、あるいは何も入れずに団子に丸めて茹《ゆ》でたり、茹でたのを餡で包んでから、砂糖入りの胡麻《ごま》や炒《い》り豆の粉をふりかけたりして食べる。工芸菓子の造形に適した固さに練り上げるのは、厨師が修業によって積み上げた知識と技術、そして勘によるものだ。

また餅にできるのは穀物《こくもつ》だけではない。デンプン質の豊富な根の部分を使う片栗粉《かたくりこ》や葛《くず》粉《こ》は、薬効もあるという。

花鳥の造形に透明感を出すためには、米粉生地を蒸し上げる過程も重要だ。火が通っているのかと疑ってしまうほど透《す》き取った仕上がりは、焼き目のつかない『蒸す』という調理法ならではだろうとマリーは思った。

フランスではパンや菓子には小麦粉が主流で、ガレットの本来の材料である蕎麦粉《そばこ》でさえ、都市部の美食家たちによって小麦粉に置き換えられて広まった。美食へのこだわりが、周囲の国では主食として命を繋いでいるじゃが芋《いも》やライ麦、他の麦類は貧乏人《びんぼうにん》や外国人の食べ物と、見下す傾向を作り出していた。小麦粉に置き換えるとしたら、アーモンドの粉末くらいだ。

一方、清国においては穀物の種類が覚えきれないほど多い。明代《みん》に入ってきたトウモロコシも加えると、レシピの量も膨大《ぼうだい》だ。そこに挽《ひ》いたり擂《す》ったりして粉として使われる豆類と堅果《けんか》も粉食メニューに参戦しているのだから、もうお手上げだ。

菓子に限らず、フランスの穀物供給は小麦粉に一極集中している。せいぜい小麦粉にグレードの違いがあって、パンの種類や菓子によって使い分けるくらいだ。

そのようにしてみると、『餅』菓子ひとつにしても、幾種類もある穀類の特性に応じて、味と食感、見た目も自在に作り替えることのできる中華の甜心は、実は無限の可能性があるのではないだろうか。

「お菓子の世界って、果てがないものですね」

「おまえが勉強不足なだけだろう」

毒舌にいつもの刺すような勢いはなくとも、マリーに嫌みを浴びせる機会は逃さない王厨師だ。

「はい、そうです」

マリーは亀のように首をすくめて同意する。

もちろん、パリでは徒弟のそれも駆け出しだったマリーに、フランスの製菓に関する知識がすべて詰め込まれているわけではない。マリーが知らないだけで、もっと多様な食材をつかった菓子や、調理法があるのかもしれなかった。

——やっぱり、いつかはフランスに帰って、経験の豊富なパティシエについて修業したいな——

王厨師の指導になんの不満もないし、むしろ学ぶことはたくさんある。それに、清国の宮廷甜心は、派手《はで》さはないけども舌触りや食感に心が砕かれていて、砂糖やバターだけでなく、栄養や薬としても効果のある材料をふんだんに使うところが興味深い。

ただ、もしもマリーがフランスに戻ることが叶って、自分のパティスリーを開業するとしたら、米を手に入れるのは難しいであろうから、覚えても意味があるのかという問題は残る。

中華甜心に寄せるマリーの興味と関心は尽きないが、出自を問題にされて以来、いつ清国を追放されるかわからない状況なので、できれば小麦粉系の菓子レシピを増やした方がよいのではないか。

一年先のことも予測できない状態というのは、どうにもどっちつかずの心境になってしまう。よくない傾向だ。

いまできることをやり、いま学べることを学ぶしかない。

乾隆六十年九月三日（西暦一七九五年十月十五日）、乾隆帝は第十五皇子の永琰に皇帝の位を譲り嘉慶帝《かけいてい》とし、自らは太上皇帝の位に就《つ》いた。

北京は内城はもちろん、外城も六十年ぶりの代替わりで盛り上がり、清国全土に於《お》いても祝賀の催《もよお》しが続いた。その中で、慶貝勒《ベイレ》府の内側では沈んだ空気が漂っていた。

慶貝勒府の人々に笑顔が乏《とぼ》しいのは、幼くして逝《い》った次男の喪が続いていたというだけではなかった。永琰が即位する前夜に、乾隆帝が皇太子以外の四人の子どもたちに賜った、賞金のためであった。

第八皇子の儀郡王永璇《えいせん》、第十一皇子の成親王永瑆、末皇女の固倫《グルニ》公主和孝がそれぞれ百両を下賜《かし》されたなか、永璘だけが皇孫の扱いで七十両であったのだ。

どういうわけか、こうしたことは皇帝の直属機関の人間と、該当する皇族とその家族しか知り得ない情報であるにもかかわらず、またたくまに人の口に膾炙《かいしゃ》する。

乾隆帝の末皇子に対する冷遇ぶりは人々の好奇心をくすぐり、あらぬ噂《うわさ》がささやかれた。実力を顧《かえり》みず、皇位争奪戦でこざかしい手を打ったことが皇帝にばれて逆鱗に触れたのだとか、重要な公務で大きなやらかしをしてしまい、官僚たちをあきれさせたとか、ありもしない噂が都じゅうでささやかれる。その中に法に反するキリスト教徒で外国人の女糕《ガオ》點師《ディアンシー》の素性や、マリーに関する根拠のない醜聞《しゅうぶん》も組み込まれているという。

こうした理不尽《りふじん》な仕打ちに、永璘がどれだけ傷ついているかと思うと、マリーは居ても立ってもいられない。悔しくて歯ぎしりをしたくなる想いを菓子づくりにぶつけて、大量の卵を激しく泡立てたり、乾隆帝に対する腹立ちや、世間に対する苛立《いらだ》ちを、力任せにパン生地を捏《こ》ねては、思い切り台に叩きつけたりするという行為《こうい》でしか、発散することができないでいた。

もちろん、パン生地を不可侵の太上皇帝に見立てて、大理石の調理台に何度も叩きつけるという不敬行為が許されるはずもないので、ただ黙って作業に打ち込む毎日が過ぎてゆく。

慶貝勒府《ベイレ》の面々が苦い思いを抱えて送る日々の中、いよいよ鈕祜祿氏《ニオフル》の食事量が膳房長をして『病ではないか、医者を呼ぶべきでは』と言い出すところまで減ってきた。このままでは栄養失調で病になってしまう。

だが、もどってきた膳を見たマリーは、酢の物だけは手がつけられていることに気がついた。

「これって――」

マリー自身に妊娠の経験はない。鈕祜祿氏が二度目の妊娠をしたときには、マリーは王府にいなかった。身近に子どもを産んだことのある友人といえば、和孝公主くらいだ。その和孝公主の一例をもってして決めつけるのはどうかとは思ったが、もしかしたらと思い、鈕祜祿氏が三度目の懐妊をした可能性について高《こう》厨師に相談してみた。

はじめはきょとんとしていた高厨師だったが、急に腑《ふ》に落ちたらしく、うんうんとうなずいた。

「そういえば、そうだな。少爺《シャオイエ》がお亡くなりになってから、すっかり食が細くおなりで、量も減らすように言われていたこともあって、そっちの方へは考えがいかなかった」

いったん言葉を切り、したり顔に笑ってから、不謹慎だと思ったのか口角をぐいと一文字に引っ張り、真面目な顔を作った。

「北京に帰ってからは、ずっとおふたりで過ごすことが多かったそうだからな。そうなっても不思議はない。続くときは続くもんだから」

さもありなん、と今度は笑みがこぼれるのをこらえる努力もせず、巨体を軽やかに揺らしつつ、李《り》膳房長を捜しに行く。

マリーはあっけにとられて、高厨師の幅広の背中を凝視《ぎょうし》した。

鈕祜祿《ニオフル》氏の懐妊に思い当たったときは、とても嬉しくて自分を抑えきれなかったマリーだが、高厨師と話したあとは、なんとなくもやもやした気持ちになっている。

「そうか。ご夫婦だものね。つらいことは一緒に乗り越えられるんだ」

自分の出る幕なんか、なかったのだ。マリーの慰めも励ましも、必要とされていなかった。毎日、ほとんど手をつけられていない御膳を見ては胸を痛め、膳房にまでながれてくる東廂房《ひがしわきのや》の線香の匂いや読経の声に、少爺《シャオイエ》の短い生を思っていた。だが永璘も鈕祜祿氏も、ふたりの哀哭《あいこく》に寄り添いたいというマリーの思いを知らないまま、哀しみを乗り越えていった。

「仲睦《なかむつ》まじいご夫婦だものねぇ」

ふたりの幸せは、マリーの幸せだ。これは嘘偽《いつわ》りのないマリーの気持ちなのだ。

ただ、永璘と鈕祜祿氏のどちらも大好きなのに、そのふたりの絆に、ほんのわずかでも自分が入り込める余地などなかったことを思い知らされた。

そんなことでもやもやしている自分にも、何を思い上がっていたのかと腹が立つ。永璘の描く絵を自分だけが見せてもらえるから、鈕祜祿氏は外国人の自分を身内のように大切にしてくれるから、ふたりが大変なときは自分を頼りにしてくれると、勝手に思い込んでいたのだろうか。

とぼとぼと下女部屋に戻りながら、第三子の懐妊を素直に喜べない自分に苛立ち、とりとめのない自己嫌悪《けんお》と闘う。

「どうしたの、冴えない顔をして」

マリーの変化に敏感に気づいた小蓮が、気遣わしげに訊ねてくる。自分のわかりやすさも恥ずかしい。

「なんでもない。ちょっと、疲れただけ」

「また何か、法国《フランス》から凶報が届いたのかと思っちゃったよ」

マリーは、フランスから革命や王族の処刑の報が届くたびに、寝込んだり、何日も鬱々としてきた。そのときの落ち込み具合に匹敵《ひってき》するような、ひどい顔色なのだろうか。

「風邪《かぜ》でも引いたかな」

マリーは自分の額に手を当てて、熱を測るふりをした。

「毎日ぐんぐん寒さが増してるものね。風邪は寒邪《かんじゃ》とも言うくらい、冬に流行《はや》るんだから。生姜湯《しょうがゆ》と温石をもらってくるから、先に布団に入ってなよ」

「ありがとう」とマリーが言い終える前に、小蓮は厨房へと走り去る。

小蓮の優しさは嬉しかったが、どこも悪くないのに布団を被っていたら、よくない方に考えごとをしてしまいそうだ。

「ちょっとだけでも、頼って欲しかったんだよなぁ。私の存在価値みたいなの、感じたかったのかも。おふたりの哀しみはそれどころじゃないってのに」

おふたりに特別扱いしていただいてきたから、本当に特別に思われているんだって、気がしていた。思い上がりもいいところ。

誰かに打ち明けて懺悔したり、相談できないために、いっそう気分が塞《ふさ》ぐ。

——でも、自分がいなくても、慶貝勒府《ベイレ》は回っていくんだよね。というか、私は問題を起こして心配ばかりかけてきたし、自分なんていない方がいいのかも——

沈んでいく気持ちに拍車がかかる。

マリーは布団を「ええい！」と撥《は》ねのけて、洋式甜心房へ向かった。途中で小蓮に会ったが、寝ているより起きて仕事をした方が気が紛れると言い訳をした。

酸味の強い柑橘《かんきつ》類のゼリー、のど越しの良い乳羹《にゅうかん》、江南《こうなん》出身の陳大河《ちんたいが》厨師に教えてもらった、杏仁豆腐《あんにんどうふ》。

それからいく日もしないうちに、慶貝勒府はお祭りのように陽気な空気と笑い声があふれ始めた。

塞翁《さいおう》が馬——慶貝勒府に来たばかりのころ、鈕祜祿《ニオフル》氏に教えてもらった中華の諺《ことわざ》を思い出す。

人生は、幸と不幸、悲しみと喜びが絶えず順番にやってくるのだと。

王府のパティシエールと、新しい御世

マリーは北堂へ降誕祭のミサに参列した。

北京の住人となってから六度目の、そしてアミヨーがいなくなって二度目の降誕祭が巡ってきたことに、月日の過ぎる早さをしみじみと思う。

初めて北堂を訪れたときは、まだ少女とも言っても通る年頃だった。漢語は覚束《おぼつか》なく、慣れない異国で作法もわからず文化も理解できない、混沌《こんとん》とした日々のまっただ中にいた。アミヨー神父に出会わなければ、外国人のマリーを厭《いと》う永璘の妃や使用人たちの嫌がらせに堪えかね、とうに慶貝勒府から逃げ出して路頭に迷っていたことだろう。

クリスマスのパンと菓子を届けたときのパンシ神父は、それまで見たこともない朗《ほが》らかな笑顔でマリーを迎えた。

出会ったころは厳格で気難しい師であったパンシは、アミヨーの死後は笑うことの稀《まれ》になっていたマリーを励《はげ》ますためか、親しみやすい態度を取るようになっていた。その優しさは、腫れ物に触るような気遣いがむしろあからさまで、マリーはかえって申し訳なく感

じていた。ところが、この日のパンシの笑顔は違った。本心から嬉しいことが起きて、それを親しい人間と分かち合いたいときの手放しの笑顔だった。

「レシピ本の校正刷りができたよ。装幀《そうてい》は簡素な布張りだが充分だろう。三ページほど、私の独断で三色刷りにしてみた。彩色版木の費用は私からの祝儀と思ってくれ」

パンシはマリーを絵の工房に連れてゆき、梱包《こんぽう》が解かれ積み上げられた書籍から、一冊の本をマリーに手渡した。

両手で受け取った赤い布の表紙には、フランス語で『中仏製菓指南書』と表題が刻印されている。著者名に自分の姓名がフルネームで捺《お》されているのを、マリーは震える指で触れて辿《たど》った。

「本当に、本になったんですね」

開いて中を見ると、活字になったマリーのレシピと、自分で描いた絵が印刷されている。色のついたタルトやマカロンの絵が、とても美味《おい》しそうだ。

「書籍の表題を決めてなかっただろう？　こちらから連絡するのも憚《はばか》られるので、勝手に堅苦しい題をつけさせてもらったが、初版の本刷りの前に装幀といっしょに表題も決定すればいい」

「表題ですか」

とっさに思いつかない。以前、パンシが提案した通り、パティシエを対象とした専門書ではなく、主婦を読者対象とするのならば、『お菓子の作り方』とか『マダム誰某《だれそれ》のお菓子の本』といった柔らかい印象の、わかりやすい題がいいのでは、と思う。

マリーは未婚だから、『マドモアゼル・ブランシュのパティスリー』でもいいだろう。

「あ、でも、本刷りって、これでまだ試作なのですか。校正って、清書したのを何度も書き直しましたよね。それで印刷できるようになったんじゃないのですか」

提出した清書が、綴《つづ》りや文法の間違いを赤いインクで指摘され、文字通り真っ赤になって返ってくる、というやりとりを何度も繰り返したことを思い出し、マリーはまだ直すところがあるのかとうんざりしてしまった。材料と分量、そして簡潔な作業手順を箇条《かじょう》書きにした本文を、いったいどうしたらそれだけ間違えることができたのか、というくらい、直しても直しても、返された原稿は赤インクで原文が見えなくなっていたのだ。

マリーはもちろん、自作レシピを残したマリーの父親にしても、塾や学校に通って基礎から読み書きを習ったわけではない。日曜学校で聖書を読み、徒弟に出た先で指示書や発注書などの、最低限必要な読み書きを学び、自分のための覚え書きには、聞き取った単語を適当に綴っていた。

なんども差し戻される校正に従って清書しているうちに、マリーはパティシエールで挫《ざ》折《せつ》したときは、フランス語の家庭教師になれる自信がついてしまったくらいだ。

「植字は長時間にわたっての集中力を必要とする、細かい作業だ。ひとつも誤りがないという保証はない。いったん出版されれば、決して安価ではない書籍となり、内容については植字した職人ではなく、著者がすべての責任を負うことになる。マリーもなるべく間違いのない状態で、自分の本を世に出したいだろう？」

紙も羊皮紙も高価だ。その上、大勢の職人の手を通す印刷には莫大《ばくだい》な費用がかかる。長期に保存できるよう、外装は上質の革や布で張られた書籍そのものが、貴族やブルジョアのための高価な贅沢品《ぜいたくひん》なのだ。ワインや貴金属、高給家具のように時とともに価値の上がる、子孫へと受け継がれていく財産であった。

「はい」

出版までの道のりはまだまだ遠い。半《なか》ば呆然としながら、マリーは素直にうなずいた。

「この見本刷りを送りたい相手はいるかね？　こちらでもフランス本国だけでなく、フランス語の書籍を扱う植民都市の版元に出版を打診《だしん》することはできるが、パティシエ関係にマリーの縁故があれば、そちらにこの見本を送ることもできる」

「え、あの――」

だんだんと話が具体的になってきたことに、マリーは絶句してしまう。植民地を含むフランス語圏といえば中近東、インド、アフリカ、赤道付近の南洋諸国、カナダ、中南米、東南アジア、そして上流・知識階級がフランス語を使用するアメリカやヨーロッパの諸国。マリーの知識と想像の地平を遥《はる》かに越えて、その果てもわからない。そんな遠くまでこの本が売られていくのだろうか。

マリーは頭の内側が熱くなり、気が遠くなってきた。

寄贈したい人物がいるかという質問には、フランス人の家族はすでに亡く、友人やかつての上司や同僚の消息も知らないマリーに、心当たりはない。ただ――

マリーの脳裏《のうり》に、ひとりの少年の面影《おもかげ》が浮かんだ。

自分の作った本を真っ先に見せたい相手と問われて、数回会っただけのイギリス人の少年しか思いつかないとは、と気落ちしながらその少年の名を口にする。

「パティシエの縁故はありませんけど、あの、トーマス――英国使節の接待で知り合った、スタウントン準男爵のご子息が私の作るお菓子を気に入ってくれたので、受け取ってもらえたら嬉しいです」

「ああ、ジョージ・スタウントン親子だね。英国の本邸と、東インド会社の官邸の両方に送っておけば、確実に届くだろう。彼らに気に入ってもらえれば、初版本の出版に出資してもらえるかもしれないし、英語版やドイツ語版も出版されるかもしれない。フランス革命が落ち着くころには、マリーは国際的な有名人だな」

パンシの展望する、レシピ本の販路が世界に展開されていく速さに、マリーは唖然として言葉を失った。

なにかもう、すでに自分の手を離れた一大事業になってしまった気がしてくる。

マリーは見本刷りを三冊、自分と永璘の分、そして予備をもらって、帰路についた。

帰りの轎《かご》に揺られながら、いつまでもぼんやりと熱のこもった頭で、パンシの話を反芻《はんすう》した。

父と自分の軌跡をまとめて本を作る、ということしかマリーは考えていなかった。

きちんと製本して手元に置き、お菓子作りの好きな人の手に渡れば楽しいだろう、というところで、マリーの想像は止まっていたのだ。パンシの計画通りに、マリーのフルネーム入りのレシピ本が世界じゅうで読まれることになったら――

その意味がようやくはっきりと頭から胸に降りたとたん、マリーは轎の中で悲鳴を上げそうになった。思わず自分の肩と腕を両手で抱きしめ。暴れ出しそうな自身を抑えつける。

「落ち着いて、まだ、何も起きてないんだから」

マリーはそう自分に言い聞かせて、落ち着こうとした。

今日このときまで、自分の出自が暴露され、慶貝勒府《ベイレ》を追い出され清国から追放されてしまったときは、革命と戦争で荒れるフランスへ、身ひとつで帰ることしか念頭になかった。

だが、フランス語が話され、フランスの料理が食べられているのは、母国フランスだけではなかった。フランス領は世界じゅうにあるし、フランス人パティシエの働き口はフランス語圏だけではない。

知ってはいたが、なぜか自分の新天地がそこにあるとは、いままで考えもしなかったのだ。

マリーは狭い轎の中で、フーッと息を吐いた。

慶貝勒府は好きだ。

永璘も鈕祜祿《ニオフル》氏も大好きだ。

できることなら、ずっと、もっと、慶貝勒府で高厨師から学び、仲間たちと季節の行事と料理を楽しんでいきたい。

あるいは、小蓮と北京に茶楼《さろう》を出して、清国にフランスのお菓子を広めたい。

マリーは自分がどうしたかったのか、どんな未来を望んでいたのか、このときようやく自覚することができた。

いつの間にか、北京で生きることが好きになっていたのだ。

親切な人ばかりではないし、永璘が政治的に失脚したら、味方なんか誰もいなくなってしまうことだろう。そういう意味では、キリスト教徒のマリーにとっては安全な国ではない。

だが、この北京内城で過ごした六年は、とても充実していたのだ。

だから、この国で自分のパティスリーを持ち、成功したかった。

マリーはその道へ進めるかもしれないし、その道は閉ざされているかもしれない。

いまはまだ、何も決められないし、どうなるかわからない。

でも、ひとつの道が閉ざされても、いくらでも生きる道も、移り住める国もあるのだ。

父が授けてくれた知識と、修業して身に付けた技術があれば。

そしてもう、いまのマリーは肉親と婚約者を喪って路頭に迷い、革命で荒れる祖国に放り出された、天涯《てんがい》孤独の世間知らずの少女ではない。

乾隆帝の前に引き出され出自疑惑で弾劾《だんがい》されたとき以来、自分の不安定な居場所と、先の見えない未来に心の落ち着かない日々を送ってきたマリーだが、この瞬間に腹が据《す》わった。

慶貝勒《ベイレ》府に帰宅したマリーは、執事に正房《おもや》への取次を求めた。

部屋着でくつろいでいた永璘は、顔色もよく表情も明るかった。鈕祜祿《ニオフル》氏の懐妊が確認されて以来、永璘の頬も少しふっくらしてきたようだ。

マリーは製本されたレシピ本を差し出した。

「フランス語版の試し刷りができました。色刷りの頁《ページ》も入れてもらいました」

「試し刷りにしては、立派な装幀だな」

永璘は感心して本を開き、頁をめくった。読めないフランス語は流し見て、挿絵を注意深く見る。とくに三色刷りの挿絵には興味を惹《ひ》かれたようだ。

「老爺《ラオイエ》のお手元に置いてください」

「うむ。漢語版の校正は、まだ少し時間がかかる。木版に使う書体はどうしたい？　金はかかるが、能筆家に依頼して清書させてもよいぞ」

絵を板刻するように、文字も清書の書体通りに彫《ほ》り込む木版印刷では、書き手の筆跡がそのまま板刻される。マリーは漢字をうまく書けている自信はなかったので、字の上手な人に清書してもらえたらありがたいと思った。

「あの、でも、上手な人に書いてもらったら、すごくお金がかかるのでは」

美しい字や個性的な字を書ける文人は、それだけで身を立て不自由のない生活ができるほど、高い報酬《ほうしゅう》を受け取ることができるという。

「別に、高名な能書家に頼む必要はない。版元に頼めば、適正な価格で清書を請け負う字の上手な者を、いくらでも紹介してくれる。見本をいくらか用意させるから、マリーが好ましいと思った筆跡の書家を選んで指名すればいいことだ」

マリーの夢がどんどんと具体化し、実現していく。現実に起きているとは、とても思えないことだ。

「私、自分のこと、とても幸運な人間なんだって、思います」

そう言ってから、父帝に蔑《ないがし》ろにされて朝廷でも軽視されている永璘の立場を思い出し、口ごもってしまう。

「あの、すみません。こんなに良くしてもらって、いいのかって」

「マリーを糕點師《ガオディアンシー》見習いとして引き取ったときの約束を果たしているだけだ。それに、大清帝国の旗王として王府を構えているのだ。この私にも文集のひとつや二つ、出版できるだけの財力はあるぞ」

上は親王家から下は国公、そして庶民の富裕層に至るまで、文化的な事業として学問的な研究や詩集などを出版しない方が、むしろ恥ずかしいことなのだという。

絵画方面だけに才能の突出した永璘が、その絵を公表することを父帝に禁じられているために、慶貝勒府から世間に頒布《はんぷ》できるものが何もない。ならば欧州から招聘《しょうへい》した糕點師の洋菓子が評判を取っているこのとき、食単集を出すことは、むしろ王府の義務であり誉《ほま》れでさえあるという。

「皇上の私に対する評価がどうであれ、北京住民の舌と胃袋の支持を得ることができれば、王府の将来は明るいものだ」

本気でそう言っているのか、マリーには察しようもないが、永璘の笑顔に影はなく、作り笑いの硬さもない。永璘の手による画集を出すことができたら、それが最良であるのに、父帝の理不尽な誤解と思い込みで、画道の栄光は閉ざされてしまっている。

それゆえに、マリーの挿絵入りレシピ集が世にでることは、永璘にとっても希望と喜びをもたらすのだろう。

「あの、装幀は老爺《ラオイエ》のお好みのままに意匠《いしょう》してください。そしたら、それは私の一生の宝です」

そのときの、いっそう嬉しそうに口角が上り目尻《めじり》の下がった永璘の笑顔を、マリーは一生忘れないと思った。


明けて嘉慶元年。

暦《こよみ》は新春とはいえ、北京の冬は厳しい。晴天は多いが気温は低く、二ヶ月以上も氷点下の日が続く。軒に下がった氷柱《つらら》は日中に陽が射しても消えることはなく、一日、一日と長くなっていく。

「日陰《ひかげ》にある氷柱は剣みたいね」

甜心房の軒に下がるつやつやと水晶のように輝く氷柱を眺めつつ、マリーはかたわらの小蓮に話しかけた。小蓮は氷柱を見上げて、うっとりとつぶやいた。

「氷柱の飴がけが食べたいなぁ」

マリーは不思議に思って問いを返す。

「飴がけ？　砂糖がけじゃなくて？」

「砂糖じゃない。溶けた飴に絡めて、糸を引いたのをさっと水に通して食べるの」

小蓮は首を横に振った。

「でも、溶けた飴を氷にかけたら、熱くて融《と》けちゃうんじゃない？」

小蓮は小首をかしげながら、上目遣いに記憶を辿る。

「そうだよね。どうして融けなかったんだろう。しかも、飴を絡める前に油で揚げてたんだよね。氷が融けて水がはねた覚えもないし。小さいときに誰かに作ってもらって食べたものだから、どうやって作ったのかわからないんだけどね。熱々の飴をパリパリとかみ砕いたら、中にはまだ冷たい氷なの」

「それって、おいしい？」

マリーも首をかしげる。

「甘くて、熱くて、パリパリして、きゅうっと冷たい。甘くて、熱くて、パリパリして、きゅうっと冷たい。その繰り返しが面白くて、なくなるまで飽きずに食べたなぁ」

どういうわけか、マリーは甘さと冷たさの繰り返しというのをひどく懐かしく感じ、食べてみたくなった。

「孫《そん》厨師なら、作れるかな」

「北方出身なら、作れるんじゃないかな」

ふたりは賄《まかな》い厨房の休憩《きゅうけい》時間を見計らって燕児《えんじ》らを訪ね、氷の飴がけの作り方を知っているかと訊ねた。

「抜絲氷溜子《バースービンリウツ》のことか」

燕児はあっさりと答える。ちゃんとした名前のある甜心らしい。

「できるの？」

「できなくはない。手際《てぎわ》がよくないと氷が融けちまうんだよな。抜絲菜を作る練習にやらされた」

マリーはさっそく鉛筆と手帳を出して、飴がけ料理の名を書いてくれるよう燕児に頼む。

燕児は苦笑して、筆と違い圧をかけないと線の書けない鉛筆で『抜絲菜』と書く。

「飴がけは珍しい料理じゃない。膳房でも何度か作ってるのを瑪麗《マリー》も見たことがあるはずだぞ。秋には抜絲栗子《リーツ》、冬は抜絲蘋果《ピングオ》が定番だろ」

「あ、バースーか。リンゴに栗に、お芋とか果物。煮詰めた蜜《みつ》でからめるのは、何でもよかったんだよね」

水と油と砂糖を黄金色になるまで煮て、揚げた具材にからめた料理は、単純そうに見えてそれぞれのタイミングが難しい。できあがりを箸でつまみ上げると、飴が伸びて金色の糸を幾筋も引く。

　マリーがメモを取っていると、李三《りさん》が外から氷柱を取ってきた。鍋に油を入れて火にかける。その横で燕児が糖蜜を作り始めた。李三は氷柱をがんがんと砕き、砕いた氷に小麦粉をまぶしていく。

　マリーが慶貝勒府《ベイレ》に来たころの李三は、マリーよりも背が低かった。それがいまでは見上げるほどだ。肩幅は広く腕は太くなっていて、大きな鍋子《グオツ》を軽々と操る。いまや立派な厨師助手で、燕児の片腕になっている。油を熱した鍋子に粉だけの衣をつけた砕氷を次々と放り込み、外側に軽く色がつく程度にさっと揚げて皿に盛る。

　すかさず燕児がいい具合に黄金の糸を引く糖蜜を揚げた氷にかけて、マリーたちの前に差し出した。小蓮が小さく「きゃあ」と歓声を上げて、さっそく抜絲氷溜子《バースービンリウヅ》を箸でひとつつまみ上げ、小鉢の水に潜らせて口に入れた。

　ほっほと息を吸って熱い飴を口の中で冷ましつつ、前歯でカリッと飴を砕いて手で口を押さえた。マリーもひとつ口に入れた。飴は歯があたるとパリパリと脆《もろ》く崩れ、中から体温で融けつつある氷の冷たさと、糖蜜の破片が混ざり合った。

「おもしろい！」

「うまい！　だろ」

　思わず叫んだマリーに、李三が突っ込む。そこへ、漢席厨師の陳大河の爽《さわ》やかな声がかぶさった。

「あれ？　なんの抜絲ですか」

私服を着て賄い厨房で食事をしていたところをみると、今日は休日らしい。

「氷柱だよ」と燕児。

「氷を揚げたんですか。おれにもひとつもらえます？」

大河は珍しそうに皿をのぞきこむ。小蓮が頬をほんのりと赤らめて「どうぞ」と箸を差し出した。

陳大河は江南出身の漢席厨師だ。日焼けした肌は濃いものの、二重まぶたのくっきりとした目元、野性的に整った顔立ちに白い歯がのぞく爽やかな笑顔は、河北《かほく》では稀《まれ》に見る夕イプの美男子と、王府に来たその日から評判であった。王府の女たちは宮殿に勤める侍女から、掃除や皿洗いの下女まで、大河と間近で言葉を交《か》わすだけで頬を染める。

王府の主人永璘に叶わぬ想いを寄せる小蓮でさえ、南方の美青年は別腹とでもいった調子で、陳大河が必要とする物なら箸でも匙《さじ》でも、自分に分けられた点心でさえ、即座に差し出す用意があった。

「江南にも抜絲料理はあるの？」

マリーは顔色を変えることなく興味深げに訊ねた。

陳大河はねっとりと糸を引く抜絲氷溜子《バースービンリウツ》を水に通し、瞬時に薄く固まった糖蜜をパリパリと嚙《か》んで、舌に転がる氷の欠片《かけら》を味わう。

「ありますけど、氷柱のは初めてです」

「南京《ナンキン》では氷柱はできないの？」

小蓮がすかさず質問を飛ばす。大河は白い歯をのぞかせて微笑む。

「真冬のものすごく寒いころに氷柱が下がることはありますが、冷え込む期間は短いから、こっちみたいに大きな氷柱には育ちません。だから揚げ物にはできないんじゃないかな」

そう言って、二個目の抜絲氷溜子を口に入れて、口の中で溶ける飴と氷の感触を楽しんだ。

「そういえば――」

と何か言いかけたマリーは、はっと口を閉ざした。

食べた瞬間は、その食感の面白さにびっくりしただけであったが、小蓮に話を聞いたときの、なんとなく懐かしく感じた気持ちを思い出したのだ。

「法国《フランス》にも、似たような料理があるのか」と燕児。

マリーはよく考えて首を横に振った。

「パリは北京よりは温暖だから、食材にするような大きな氷柱はできないかな。でも、寒波の多い年は、氷柱に雪玉を投げて落として、砂糖をつけて食べた思い出はある。あっちは煤煙《ばいえん》がすごいから、食べたらお腹を壊すって叱《しか》られたな」

マリーはパリの暮らしを思い出して、少ししんみりとした。

「美味しいものを、ごちそうさま。これから外出しますが、お礼に何か要《い》る物があれば買ってきます」

陳大河が箸を置いて、燕児に礼を言う。燕児は空になった皿に飴が固まっているの見て言った。

「そういえば飴がけで思い出した。風邪気味な連中が増えてるせいか。糖葫芦《タンフール》の減りが早い。在庫が底を尽きそうだから、見かけたら買ってきてくれないか」

タンフールという、なんとなくフランス語の響きにも似た菓子は、薬効の高い山査子《さんざし》の実を飴で包んだものだ。非常に酸っぱくて、そのままでは食べられない小粒のリンゴのような山査子を六個ずつ串に刺して、煮詰めた糖蜜をかけた菓子は、日常的に北京の屋台で売られている。

自分たちで作らないのかな、とマリーはちらっと思ったが、賄い厨房は他の膳房に比べても少ない人数で、百人に近い使用人の食事や出入り業者の点心を作っているのだ。手前で作るよりも早くて安上がり、そして量が必要で保存の利くものなら、外注した方がいいに決まっている。

午後はレシピ本仏版の校正を見直すため、マリーは杏花庵で過ごした。ここにも、ドラゴンの牙のように、ずらりと氷柱が下がっていたが、他の建物に下がる氷柱のように、長くも大きくもない。

中に入ったマリーは提盒《おかもち》を作業台に置いて帽子を取り、手袋を脱《ぬ》いだ。毛皮を裏打ちした襟《えり》の高い外套《マント》を脱いで、壁に掛ける。杏花庵の内側は暖かい。

マリーが杏花庵に来ようと来まいと、永璘付きの近習である黄丹が、毎朝欠かさず薪を運び、水を瓶に満たして、竈《かまど》から炕《かん》にまで火を熾《おこ》しておいてくれているのだ。

小さな田舎家《いなかや》の片方の壁面は、厚い煉瓦《れんが》で覆われている。作り付けのオーブンから伝わる熱が煉瓦に蓄積され、昼夜問わず熱を維持しているために、氷柱も成長しようがないのだろう。

あまりにも居心地がいいので、マリーは毎日のように杏花庵に来て、レシピ本を書き、校正し、絵を描いている。たかが使用人の分際で、もしかしたらご主人様並みに悠々自適な暮らしかもしれないと、高厨師や燕児たちの忙しさを思って、罪悪感さえ覚える。

レシピ本の出版準備が終わったら、賄い厨房の方も手伝おうとマリーは思った。中華点心を実践したければ、賄いでたくさん作るのも修業になる。

マリーは薬缶《やかん》に水を入れて湯を沸かし、お茶を淹《い》れた。甜心房で作っておいたクロワッサンの生地をオーブンに入れて、砂時計をひっくり返す。

外は鼻の奥も凍るような寒さだが、薬缶がシュンシュンと白い湯気を上げるほかは、マリーの走らせる鉛筆だけが単調な音を立てている。

クロワッサンの香ばしいバターの香りがして、マリーは休憩を取る。クロワッサンにリンゴのジャムをつけて食べ、皿をかたづけて手の脂《あぶら》を拭《ふ》き取り、作業を継続する。

ようやく、最後の一枚となる三種のクグロフの絵が仕上がった。伝統的な卵とバターだけのクグロフと、乾果を練り込んで焼き上げ、蜜漬けの桜桃《さくらんぼ》で飾《かざ》ったクグロフ、そして融かしたショコラをかけて粉砂糖を振りかけたクグロフ。

ショコラで覆ったクグロフには、庭で取ってきた柊《ひいらぎ》の葉と、ピーナッツを赤い糖衣で包んだドラジェを雪に見立てた粉砂糖の上に飾りつけて、クリスマスの季節感を出す。

その日はなんとなく永璘が訪れる予感がしていたマリーは、提盒から朝の内に作っておいたマカロンを出して皿に載せ、卓に出した。竈に薪を足して、湯を沸騰《ふっとう》させる。

まるで図ったかのように二人分の足音が聞こえ、杏花庵の扉が開く。黄丹を連れた永璘が、白い息を吐きつつ中に入ってきた。

マリーは台所まで出て、片膝に両手を重ね、膝を折って腰を下げる満洲族女性の請安礼《せいあんれい》で永璘を迎えた。

戸外の冷気のために、頰もおでこも、鼻の先まで赤く染まっている。いまごろ賄い厨房でみんなが食べているであろう、山査子の飴がけのようだとマリーは思った。そう思うと、ひとりでに微笑が込み上げてくる。

「どうした、いいことでもあったか」

勘が働いたらしく、永璘も笑みを浮かべて訊ねてくる。

「ええ、今朝は賄い厨房で氷柱の抜絲《バースー》を作ってもらったんです。氷と飴の組み合わせがとても不思議でした」

「氷の？　抜絲氷核《ビンヒー》のことか。当王府の点心にはなかったと思うが」

両手に抱えていた冊子を卓に置きながら、永璘が首をかしげた。

「どう、でしょう。名前が少し違うと思いますけど」

マリーはそう言って、覚え書きを出して永璘に見せた。

「抜絲氷溜子《バースービンリウヅ》？　聞いたことがないな」

マリーは作り方を説明すると、永璘は納得してうなずいた。

「作ってすぐに食べなくてはならないものなら、我々には縁がない」

残念な口調でうなだれがちに応じる。居住している棟と膳房が離れている上に、皇族の食事は食卓に上がるまでに、何度も毒味役の手を通るのだ。飴に包まれた氷柱の欠片は、運ばれているうちに融けてしまう。

「その抜絲氷核というのは、どういうお菓子なのですか」

「どこかの酒楼で食べたものだ。ふわっとした厚い衣の揚げ菓子に飴を絡めたものを食べたら、中に氷が入っていた。奶油《ナイヨウ》の風味であったな」

永璘が若いころ、学問や武芸を怠《おこた》って城下をふらふらと遊び歩いていたことが、乾隆帝の勘気《かんき》に触れて、現在の冷遇に繋がっているというのが世間の見方であるが、あながち間違いではない。自宅では厳格な伝統食と医者の勧《すす》める献立《こんだて》と、常に毒味がついて回る食事にうんざりし、成人した後は城下で外食三昧《ざんまい》になる皇族は珍しくない。

永璘は少しばかり羽目《はめ》を外し過ぎただけ、というのが本人の弁解である。

「そうか、それではその孫厨師を正房《おもや》に呼んで、ひとつ作らせてみるか」

好奇心と食欲をそそられた永璘は、ひどく乗り気のようだ。

「まずは、高厨師に訊いてみてはいかがですか」

いきなり呼び出されたら、燕児としては緊張して失敗してしまうかもしれない。もちろん千載一遇《せんざいいちぐう》の出世の機会かもしれないが、手順を省《はぶ》くことを何より嫌う清国の体質を思うと、安全策を勧めたいマリーだ。

雑談はそこそこに、永璘は『洋式甜心譜』と表題のついた冊子を広げてマリーに見せた。

校正刷りができあがってきたのだ。

永璘の助言通り、なるべく頁数を減らす方向で進めたので、手に取りやすい厚さにおさまっている。漢語版はもともとフランス菓子だけを載せればよく、フランス語版は中華の甜心も載せていたので、厚さは倍以上の違いがある。

パラパラとめくれば、マリーでは絶対に書けないであろう美しい筆跡で、フランス菓子のレシピが漢字で綴られている。字がきれいなら、その材料と手順でできあがる菓子も素晴らしくおいしそうに思えてくるのはなぜだろう。

「素敵ですねぇ。校正する必要があるのですか」

「無謬《むびゅう》な人間などいない。文筆を稼業《かぎょう》としているのは、多くは科挙《かきょ》に通らないまま年を取った書生崩れだ。二十代の前半で科挙に合格し、秀才の誉れを得た鄭書童に添削させれば、真っ赤になって戻ってくるのではないか」

「でしょうねぇ」

鄭凛華の添削した最初の原稿が、原文が見えないほど真っ赤に染まって返ってきたのを思い出して、マリーは少し焦った。

「鄭に見せて問題がなければ印刷に回すが、マリーも目を通しておけ。紅蘭も自分が洋式甜心の名前をつけたのだからと、読みたがっていたので渡しておいた。何か言ってきたら話を聞いておくように」

嫡福晋の鈕祜祿《ニオフル》氏まで巻き込んでのレシピ本作りだ。慶貝勒府《ベイレ》の一大事業になってしまった感がある。それでも、慶貝勒府の評判を上げることができたら、マリーとしては最大の恩返しだ。

「はい。あ、これ、クグロフの挿絵です」

永璘は彩色された絵を見て、感心のうなり声を上げた。

「見ているだけで唾が湧いてくる。そのまま食べられそうだな。画家としても食べていけるのではないか。この頁はぜひともこの通りに彩色させよう」

浮き立つような称賛に、マリーも心がふわふわとしてきた。

自分の画集を出すことの叶わない永璘の想いが、マリーのレシピ本を出す情熱に置き換わったようだ。マリーが父と自分のレシピを製本したいと告白して以来、永璘の方が熱心に取り組んできたことを、あらためて思い出す。

「ところで」と永璘は本をかたわらに置き、炕《かん》に座り直した。表情も引き締まる。

「李孝雲の背後関係がわかった」

マリーも緊張して姿勢を正す。

「意外なことに、黒幕は十一阿哥ではなかった」

「え、誰ですか」

マリーの出自弾劾の上奏は、龍の工芸菓子の下絵が盗まれた件に続く、一連の皇位争いであると考えていたので、永琰でなければ皇十一子の永瑆以外の仕掛け人を、永璘もマリーも考えつかなかった。

「去年、鄭《てい》親王家を継いだ烏爾恭阿《ウーアルゴンアー》だ」

「え……って、誰」

黒幕の名を聞き取れなかったマリーは、無作法にも訊き返した。

「鄭親王と覚えておけ」

宗室の皇族ですら子どもたちに漢名をつける昨今、鄭親王家は頑《かたく》ななまでに満洲語の名を名乗っているという。当主の名を聞いただけで、傍系ながらも満洲族の文化を忘れまいとする愛新覚羅の誇りがひしひしと伝わってくる。

「実は、十五阿哥がご即位されたあと、十一阿哥のもとへ直談判をしに行ったのだ。勝負はついたのだから、すべては水に流すという条件で真実を吐いてもらった。慶貝勒《ベイレ》府の体面を傷つけるために、マリーを利用するのはやめて欲しいと」

永璘がそんな思い切ったことをするとは、露《つゆ》ほども予想していなかったマリーは、榛《はしばみ》色の瞳がぐるりと見えるほど目を瞠《みは》った。

「十一阿哥は、龍の絵が紛失したのは、成親王家を支持する者が暴走した可能性はあるが、出自弾劾の上奏の件は無関係だと断言した」

　永璘は言葉を切って、茶を口に含んだ。北京の冬は空気が乾燥している。話の内容も緊張感を盛り上げるものだから、喉は渇《かわ》くだろう。マリーも喉の渇きを覚え、主人の前で無作法ではあるが一口だけ茶を飲んだ。

「考えてみれば、譲位の一年前には、すでに十五阿哥は即位の話を受けていたのだ。即位式に新帝がまとう龍袍を仕立てるのに、刺繡《ししゅう》だけで何ヶ月もかかるのだからな」

　特に巨体の永琰のために新しく皇帝の衣装を作るとなると、用意する布の量も半端ではないだろうとマリーは想像し、知らず知らずうなずく。

「とはいえ、龍の工芸菓子を作る勅使《ちょくし》が慶貝勒府に下ったと聞いて、十一阿哥が焦ったのは想像がつく。龍は皇帝の象徴だ。皇上が工芸菓子に龍をお選びになったことが、私に皇位を譲る暗喩《あんゆ》であると、世人にいらぬ憶測をさせることになった。十五阿哥が即位するならばともかく、私が継ぐのは我慢《がまん》がならんということで、嫌がらせに龍の下絵を盗ませたらしい。直接誰かに命令を下しはしなかった、とはおっしゃったがな。不平を漏らせばご機嫌取りのために誰かが動く。親王というのはそういう立場だ」

　むっつりと怒気を抑え込んで、永璘は真相を告げた。

「だが、マリーの出自暴露には一切関わっていないと断言された。十五阿哥がおっしゃっていたとおりに、あの時点で私を失脚させたところで、十一阿哥が得るものは何もない。動機がないと」

「単なる腹いせということはありませんか。即位できなくて。嘉親王——いえ、皇上と老爺《ラオイエ》はとても仲のいいご兄弟ですから、皇上の門出に墨をつけるくらいのお気持ちで」

永琰はすでに親王ではなく、皇帝であることを思い出して、マリーは呼称を言い直した。名前も同世代の兄弟が改名せずにすむよう、永琰は輩行字《はいこうじ》の『永』を『顒《ぎょう》』の字に変えて顒琰《えん》としている。

「もちろん、私もそう思った。だが、十一阿哥は上奏をけしかけた者の心当たりがあるとおっしゃったのだ。北京の鉄帽子王《てつぼうしおう》たちが、競《きそ》ってマリーを手に入れようとしていたときに、その狂騒ぶりと慶貝勒《ベイレ》の西洋かぶれを苦々しく思っていた親王がいると」

マリーはかつて、洋館の工芸菓子を作るために初めて円明園《えんめいえん》に行ったときのことを思い出した。そこで外国人の女糕點師《ガオディアンシー》見習いを見物するために、勢揃いした親王たちに囲まれて、たいへん恐ろしい思いをした。

「あの、円明園に親王さま方がお集まりになったときに、その鄭親王っておられました？　お姿は覚えていませんが、そう呼ばれた方はおいでだったような」

「その鄭親王はすでに鬼籍に入り、いまは息子が後を継いでいる。新鄭親王はマリーとの面識はないはずだ」

マリーは突如《とつじょ》として思い出した。鄭親王とは、マリーの将来は親王家と縁があるという下町の占い師の予言を口にして、永琰——もとい、顒炎に窘《たしな》められた壮年の親王だ。

間接的にでも声をかけられた人物、それも清国の朝廷ではそれなりに重い地位にあった人間が、知らないうちに世を去っていたと知って、マリーは複雑な思いがした。

「先代の鄭親王は、愛新覚羅に西洋人の血が混じることを厭うておいでだったという。万が一にも西洋人の血を引く者が皇統に連なることのないよう、息子に言い含めていたらしい。烏爾恭阿《ウーアルゴンアー》は父の遺言と龍の工芸菓子にまつわる噂を真に受け、私が皇位継承資格を失うよう、工作したというのだ」

「成親王は、みんなご存じだったんですか」

「いや、新鄭親王が世襲の挨拶に来たときに、そういう話を少ししたことはあるとおっしゃった。烏爾恭阿は、西洋人糕點《ガオディアンシー》師は北京から取り除くべきではないかと意見したという」

それ以上のことは、自分で調べなくてはならず、マリーに執着する豫《よ》親王裕豊《ゆうほう》を巻き込んで鄭親王のもとへ送り込み、先に永璘が話した真相を吐かせたのだという。

「裕豊も若いが烏爾恭阿はまだ十七だから、少し焚《た》きつければすぐに熱くなる。吐かせるのは難しくなかったそうだ。十一阿哥が烏爾恭阿をけしかけたのは、十中八九確実ではあるとは思うが」

マリーは思わぬ方角から弾丸を受けたような衝撃に唖然とした。あるいは無頼者《ぶらいもの》の襲撃を警戒し、前後左右に気を配って歩いていたら、巧《たく》みに隠されていた落とし穴にはまってしまったようだな。

「龍の工芸菓子が問題なく納められたと知ってから、烏爾恭阿はなんとしてもマリーを北京から追い出すか、私を失脚させねばと思い込んだらしい。おそらく――」

永璘は無意識に唇を舐《な》めた。

「烏爾恭阿《ウーアルゴンアー》が訪問したときに、十一阿哥はマリーが満洲人の子孫である可能性を示唆《しさ》したのではないかと思う。餌《えさ》のついた釣り糸を垂れたようなものだ。烏爾恭阿はこの餌に食いついた。マリーの身元を追及し、同時に四、五十年前に失踪《しっそう》した満族旗人の戸籍を調べさせた。一歳未満で病死した葉赫那拉鴻熙《イエヘナラホンシイ》の欄に、李孝雲なる者が不服を申し立てていた旨を見つけた烏爾恭阿は、この女を捜し出して証言を得た。鴻熙の両親に確認を取らずに上奏に踏み切ったのは、そうする時間がなかったからだ。あるいは、この葉赫那拉鴻熙がマリーと無関係であったら切り札にならんし、疑惑だけでも充分に私の皇位継承に異を唱えることはできると考えたのだろう」

「はあ」

マリーとしては、ため息しかでない。赤の他人の悪意――おそらく本人にとっては正義で、当事者にとっては要らぬお節介――が、こんな形で足をすくいにくる。

「それでは、その鄭親王は私と老爺《ラオイエ》を誣告《ぶこく》したことになりませんか」

つまり、罪に問えるはずだと。

「うむ。李孝雲はそうとうの銀子を受け取ったというからな。だが、残念なことに、御世代わりの恩赦に該当するので、この一味の罪は不問となる」

「ええー」マリーは不服の息を漏らした。

「烏爾恭阿には皇上が釘を刺しておいてくださったし、上奏を請けた官吏は免職、李孝雲には十分に脅《おど》しをかけておいたので、この件が蒸し返されることは二度とないだろう」

マリーは永璘にひと言断ってから、立ち上がって外套《マント》を羽織り、台所で船を漕いでいた黄丹に会釈《えしゃく》して杏花庵の外へ出た。誰も居ないことを確認して中へ戻り、外套を脱ぐ。

それから声を低くして、永璘に告白する。

「孫厨師が作ってくれた抜絲氷溜子《バースービンリウヅ》を食べたとき、思い出したことがあるんです。これ、子どものときに食べたことがあるって。でも、母が作ってくれた思い出はないんです。たぶん母の病が篤《あつ》くなって、祖父母の家に預けられていたときのことだと思います。あのころは、母の死期を感じ取っていた不安で、いろんな記憶が途切れていますけど、母の熱を下げるために、氷もたくさん用意していましたのは、ぼんやりとですが覚えています。そのとき、私の不安を和《やわ》らげようと、祖父母が氷で甘いお菓子を作ってくれたのかもしれません。それで陳厨師に訊いたら、江南では氷柱を抜絲で包むことはないし、料理の具材にするほど氷柱が大きくはならないって。そしたら、祖父母は私に食べさせた抜絲氷溜子の作り方を、どこで知ったのかな、って」

祖父母の趙夫婦は、自分たちは江南の出身だと主張していた。氷柱の飴菓子が存在することすら知らないはずの彼らが、どのようにして河北の抜絲甜心を作ることができたのか。

マリーと永璘は、しばらく沈黙した。マリー自身は母の姓名を知っているので、自分の出自に対する疑いはすでにない。ただ、口に出して断定することはできないものの、主人の永璘に対して、暗黙に肯定《こうてい》する必要はあるかもしれないと思ったのだ。

「世の中には、説明のつかないことはたくさんあるものだ」

永璘は冷え切った茶を飲み干すと、クグロフの絵を拾い上げ、紙挟みに入れて立ち上がった。

ふたりで連れだって外へ出ると、北京の冬空はいつも通り晴れ上がり、凍るような冷気が満ち満ちていた。日暮れが近くなると息を吸うのもつらい。今年の冬は、特に寒さが厳しいような気がする。

背後で黄丹が杏花庵の扉に錠《じょう》をかける音を聞きながら、マリーと永璘は宮殿群へと戻っていく。

王府のパティシエールと、春爛漫《らんまん》

太陰暦三月三日の上巳節《じょうしせつ》。

厳冬期は過ぎ、桃は満開に咲き誇り、百の樹花がそれぞれに蕾《つぼみ》を膨《ふく》らませる季節。

マリーと小蓮は朝から大量に作ったカヌレやビスキュイ、果物の甘煮を詰めたタルトに飴菓子を提盒《おかもち》に盛り合わせ、部屋に戻った。小杏《しょうあん》と小葵《しょうき》はすでに部屋にいて、外出の準備を終えていた。

晴れ着を着込んで交代で髪を結《ゆ》い上げ、化粧《けしょう》をする。

通用門にはすでに、燕児たちが食事になる点心を詰め込んだ提盒をひとりずつ手にして待っていた。

古代には川で禊《みそ》ぎをして春を迎える上巳の祭は、やがて身分の上下を問わず水辺で歌を詠《よ》んだりごちそうを食べたりする、行楽の日として定着していた。婚姻《こんいん》と子授けの神、高《こう》禖《ばい》を祀《まつ》る日でもあることから、未婚の男女が連れ立って歩くことも許されていた。

暖かな空気と、枝と地面に所狭しと爛漫《らんまん》に咲き誇る花々が揺れる水辺を、若い男女が笑いさざめきながら行き交う。マリーたちは日当たりのよいところで場所取りをしていた李三を見つけ、そこでそれぞれが持ち寄った提盒の中身を広げた。

西の空はすでに黄色く霞《かす》み、やがて一日中砂埃《すなぼこり》を払わなくてはならない黄砂の訪れを告げていたが、この日の空はまだ青く爽やかだ。水の流れは清く、手から手へと回される鉢《はち》には色とりどりの点心が盛り付けてある。

どこかの邸《やしき》から音楽が流れ、あちらの通りからは大道芸を楽しむ歓声が聞こえる。

ここ数年の重苦しかった日々が、嘘のようにみなの顔は明るく、笑みにあふれていた。

マリーも例外ではない。

慶貝《ベイレ》勒府の若い男女集団の中にいても浮くことはなく、疎《そ》外感《がいかん》もない。マリーの外見が少しばかり目立つとしても、仲間たちがごく自然に、そして当たり前にマリーに接してはともに笑いさざめく。そのなかにマリーはすっかり溶け込んでいた。

袖《そで》を引かれたマリーが振り返ると、小蓮が切羽《せっぱ》詰まった顔でいっしょに厠《かわや》を探してくれと頼み込む。ふたりで仲間たちから離れて、花を摘《つ》みに行くことにした。

小蓮が用を足すのを待つ間、マリーは川面に優雅な姿を浮かべる白鳥を眺めていた。

かたわらに人の気配がして、小蓮が戻ったのかとそちらを見ると、老いた男が立っていた。辮髪《べんぱつ》と口ひげはきれいに整えられ、晴れの日の衣裳にも卑《いや》しいところはない。

「渡り遅れた白鳥のようです。翼に怪我《けが》でもしているのでしょうか。仲間とはぐれて北京で夏を過ごすのは、つらいことでしょうな」

問わず語りにしゃべりだした男の横顔には見覚えがあった。少し前から、ずっと視線を感じていたのだが、この男だったのだと悟る。

「白鳥には別名がありますが、姑娘《クーニャン》はご存じですかな」

マリーは一瞬の迷いのあと、静かに答えた。

「鴻熙《ホンシイ》というそうですね」

少しの沈黙ののち、男はふたたび口を開いた。

「一羽残された白鳥も不安だったでしょうが、雛《ひな》とはぐれた親鳥もまた、我が子の行く末を案じていることでしょうな」

川面の白鳥から目を離さず、男は小声でささやく。マリーも白鳥を見つめたまま、男と同じくらい低い声で応じる。

「仲間とはぐれてしまった白鳥の雛は、雛のない親鳥に拾われて大切に育てられ、見事な白鳥に成長し、誠実な相手を見つけて愛する雛に恵まれ、家族に囲まれて幸せに生きました」

男はわずかにうなずいた。目の端が少し濡れている。

避暑山荘に召喚された葉赫那拉《イエヘナラ》夫妻の顔は、遠目に見ただけのマリーだが、夫の方に母の面影があるように思った。いま間近に見て、母の顔がはっきりと思い出せるほどだ。

祖父と呼んでいいのかわからないまま、マリーは用心して口を閉ざした。

「慶貝勒《ベイレ》府には、女ながらも優秀な西洋人の糕點師《ガオディアンシー》いるとか。姑娘がそうですか」

男は急に話題を変えて、マリーの顔を正面から見つめる。清国女性の標準からは飛び抜けた身長と、陽光に当たると褐色を帯《お》びる髪。間近で見れば、瞳が緑色を帯びていることもわかるだろう。

「北京には、王府が自慢する料理や点心の菜譜を賜り、庶民も味わうことのできる酒楼がいくつかある。慶貝勒府の洋式甜心も、いつか我々の口に入る日がくることを願っています。いや、庶民代表として、声をかけてしまいました」

軽く会釈すると、老人は名乗らずに立ち去った。

マリーがぼんやり老紳士の後ろ姿を眺めていると、いつの間にか小蓮がそばに立っていた。マリーは驚いて一歩下がる。

「びっくりした。長かったね」

小蓮は「心外な」とでも言いたげに口を尖《とが》らせる。

「あの人と話し込んでいるようだから、遠慮していたの。知り合い？」

「知らない人。でも、私が有名人みたいね。北京の庶民も洋式甜心を食べられる日が待ち遠しいんですって。早く独立しなくちゃ、かしら」

小蓮はふふんと笑い声にも似た音を立てて応じる。

「慶貝勒府《ベイレ》が居心地良すぎるのよね。ねえ、あの人と瑪麗《マリー》──」

マリーは人差し指を小蓮の唇に当てて黙らせた。

「思ったことをすぐ口にするのは、よくない癖《くせ》だよ。特に王府に勤める者たちにとってはね」

「ふうん」と小蓮は不服そうに鼻を鳴らした。

「さ、もうたっぷり花は摘んだでしょ。おいしいものがなくなっちゃう前に、みんなのところに戻ろう」

「え、待ってよ。瑪麗は歩くの速すぎる！」

早足で元来た道へもどるマリーの後を、小蓮が小走りで追いかける。

川沿いは春の温もりを楽しむ人々であふれている。早くも散り始めた桃の花びらが、青い空を背景に風と舞う。これ以上はない陽気な空気のなかを、マリーは浮き立つ足取りで仲間たちの元へと急いだ。

参考文献

『王のパティシエ』　ピエール・リエナール、フランソワ・デュトゥ、クレール・オーゲル著　大森由紀子監修　塩谷祐人訳（白水社）
『乾隆帝伝』　後藤末雄著（国書刊行会）
『食在宮廷《しょくはきゅうていにあり》』　愛新覚羅浩著（学生社）
『中国くいしんぼう辞典』　崔岱遠著　川浩二訳（みすず書房）
『お菓子でたどるフランス史』　池上俊一著（岩波書店）
『紫禁城の黄昏』　R．F．ジョンストン著　入江曜子／春名徹訳（岩波書店）

本書はハルキ文庫の書き下ろし作品です。

Haruki Bunko
ハルキ文庫

し 14-7

親王殿下《しんのうでんか》のパティシエール❼ 糕點師《がおでぃあんしー》の昇格試験《しょうかくしけん》

著者 篠原悠希《しのはらゆうき》

2023年3月18日第一刷発行

発行者 角川春樹

発行所 株式会社角川春樹事務所
〒102-0074 東京都千代田区九段南2-1-30 イタリア文化会館

電話 03(3263)5247(編集)
03(3263)5881(営業)

印刷・製本 中央精版印刷株式会社

フォーマット・デザイン 芦澤泰偉
表紙イラストレーション 門坂 流

ISBN978-4-7584-4547-4 C0193 ©2023 Shinohara Yuki Printed in Japan
http://www.kadokawaharuki.co.jp/[営業]
fanmail@kadokawaharuki.co.jp[編集] ご意見・ご感想をお寄せください。

篠原悠希の本

親王殿下のパティシエール

華人移民を母に持つフランス生まれのマリー・趙《ちよう》は、ひょんなことから中国・清王朝の皇帝・乾隆帝《けんりゆうてい》の第十七皇子・愛新覚羅永璘《あいしんかくらえいりん》お抱えの糕點師《パテイシエール》見習いとして北京で働くことに。男性厨師ばかりの清の御膳房で、皇子を取り巻く家庭や宮廷の駆け引きの中、〝瑪《マ》麗《リー》〟はパティシエールとして独り立ちできるのか!?　華やかな宮廷文化と満漢の美食が繰り広げる中華ロマン物語！

ハルキ文庫

篠原悠希の本

親王殿下のパティシエール②

最後の皇女

清の皇帝・乾隆帝《けんりゅうてい》の第十七皇子・愛《あい》新覚羅《しんかくら》永璘《えいりん》お抱えの糕點師《パティシエール》見習いとして北京で働く仏華ハーフのマリー。だが永璘の意向で増えることになった新しい厨師たちは女性が厨房にいることに懐疑的。マリーは彼らを認めさせることができるのか？　春節用お菓子作りに料理競技会、はたまたバレンタインまで！　行事目白押し、そして乾隆帝が最も愛した末娘、無敵のお姫様登場の、中華美食浪漫第二弾！